新世紀叢書

當代重要思潮・人文心靈・宗教・社會文化關懷

白晝鬼語：谷崎潤一郎犯罪小說集

【目錄】本書總頁數208頁

導讀／林水福（台灣石川啄木學會會長．台灣芥川龍之介學會會長．南臺科技大學教授）

谷崎潤一郎的犯罪小說——其偵探手法、意義與價值

一

明治時期的作家如谷崎潤一郎、芥川龍之介都寫過或使用過偵探小說手法。芥川對愛倫坡作品有興趣，喜讀柯南．道爾作品。〈竹林中〉、〈偷盜〉、〈開化的殺人〉、〈妖婆〉、〈魔術〉等作品對人性、心理方面的分析極為傑出，雖非純粹的偵探小說，但含偵探趣味。

谷崎潤一郎於一九一一年發表的初期小說〈秘密〉（收入《刺青》聯經出版）主角男扮女裝，不意遇到有過交往的女性，想探竟她的真面目，於是依人力車的途徑探索；最後找到了，但這段情緣也結束。作品中出現黑岩淚香，以及柯南．道爾的《四人的簽名》，可見谷崎早就是偵探小說的愛好者。

之後有一段時間谷崎的創作無關偵探；但從一九一八年到一九二七年之間，陸續發表了〈前科者〉、〈人面疽〉、〈金與銀〉……等帶有偵探趣味的小說。

二

本文以收入《谷崎潤一郎的犯罪小說》的四篇為主、依發表時間先後介紹。

一九一八年五月至七月發表於報紙的〈白晝鬼語〉，以邀「我」去看今晚半夜在某地方的殺人開頭。事件肇始於「仗著家有錢有閒，一直以來都頹廢度日，但是，近來已厭倦了一般的逸樂生活，開始迷上電影欣賞、閱讀偵探小說，甚至鎮日耽溺在不可思議的幻想裡。」的「園村」。起因於園村看到坐在電影院前的男女，用手指在彼此的手背上寫字，察覺似乎商量犯罪。今夜會有殺人事件。而且他們留下的紙條，寫著似數學公式的記號和數字。園村隨即連想到愛倫坡的〈黃金蟲〉，看穿他們是使用暗號文字。解讀結果知道時間和地點，二人帶著興奮的心情出門，從門縫偷窺，看到由美女抱著的男性屍骸，被浸在特殊藥液，企圖溶解。屍體似乎是報載行蹤不明的華族，從把犯罪現場錄影下來的舉動，園村推測似乎是變態性欲的女性加上壞人集團所為。

園村窺探之間，逐漸被她所迷，感覺親近，甚至為她而被殺也無悔，送信給「我」，拜託我窺視他被殺的情景……。

這篇是谷崎這類型作品中，最富偵探小說風格的作品。從解讀符號，窺視殺人現場，利用藥液溶解屍體，最後說出意外的真相，都是構成偵探小說的要素。僅觀察覺到她想殺掉自己，崇拜之餘，竟然「覺悟」即使死在她手裡也無怨無悔的女性主義態度，或者要朋友看自己被殺的虐待狂傾向，都是讀者熟識的谷崎特色；然而，谷崎反過來當作「詭計」使用，頗富趣味。

其次，一九一七年七月發表於《中外》的〈柳湯事件〉是現在或許有人要來殺人的青年的經驗談。對黏黏的東西異常執著的青年的感覺描寫，極為突出。尤其是他踩到以為是自己愛人的屍體等，出人意表。雖是性虐待狂的神經興奮產生的幻覺，但鮮活的表現予人不寒而慄的震撼力。

一九二〇年一月於《改造》雜誌發表的〈途中〉：追上公司員工湯河歸程的私人偵探，受託調查湯河身家，卻對他讓妻子死亡的策略緊迫釘人。妻子原本心臟不好，為了使之惡化，讓妻子養成抽菸習慣，洗冷水澡，想讓她發高燒，或者患肺炎等，老是無法成功。用盡種種辦法，最後妻罹患傷寒，終於死了。表面上深愛妻子，其實，是為了讓妻子早日死亡。其中有牽涉到同居者。

江戶川亂步稱讚這是「舉世無雙的偵探小說」，就瞄準機率（probability）的犯罪技謀而言，是第一篇。大約五年之後，亂步在〈紅色房間〉借用這詭計，再者，

十七、八年之後出現在克莉絲蒂（Agatha Christie, 1890~1976；英國推理小說家）的〈美索不達米亞的殺人〉以及伊登・費爾波茲（Eden Phillpotts, 1862~1960；英國作家）的〈極惡之人的肖像〉。

谷崎自己如何看待這部作品呢？他說：「當然有偵探小說的味道，也有理論的遊戲分子；但那是那部作品的假面，主要的是想透過偵探與丈夫的會話，間接描繪不知自己不幸的妻子的命運。藉著殺人的惡魔似的趣味讓人感受到一個女人的悲哀。」

偵探小說的讀者往往過於重視詭計的運用，谷崎的意圖是聚焦於人生的某一斷面時，借用偵探小說的技巧而已。但結果卻有了新的構思。

一九二一年三月發表於《改造》的〈我〉，梗概是「我」回憶就讀一高時的寄宿時代，談當時追查頻頻發生的偷竊事件。谷崎對這篇深為得意，說不是模仿，是最自然的必需之形式。比起構想，或許該著眼於犯罪者心中潛藏的優越意識、犯罪者的友情、誠意吧！

谷崎於一九二七年一月於《文藝春秋》發表〈於日本的 Crippen 事件〉（介紹一九二四年實際發生在蘆屋的事件）。之後，與犯罪文學疏遠。

三

如開頭所說，與谷崎同時期的芥川龍之介也發表過頗富偵探趣味的小說。尤其是谷崎繼承愛倫坡、柯南．道爾，創造新奇之美，且充分運用在推理作品，效果良好。犯罪小說中收錄之作品，巧妙的偵探小說技法，如種種詭計。

曾任日本推理作家協會理事長的中島河太郎認為：「如果黑岩淚香是日本偵探小說的先驅者，那麼谷崎潤一郎就是中興之祖。而且是開拓包含偵探小說在內的廣義的推理怪奇、幻想式作品的第一人。」

在自然主義風靡日本文壇的當時，谷崎這樣的作品的確聳人耳目。由於後繼無人，沒有作家追隨這樣的推理、怪奇文學，因此未能在純文學領域形成一股潮流，或許導致現今偵探、推理小說未受芥川獎青睞之遠因吧？而谷崎進入一九二五年開始的昭和年代之後，轉移作品的傾向；但如《春琴抄》、《細雪》、《鍵》、《卍》（萬）等作品可見偵探小說手法運用之痕跡。

大正十二年（1923）江戶川亂步（Edogawa Ranpo 筆名仿愛倫坡 Edgar Allan Poe 發音）登上文壇。亂步除喜讀外國偵探作品，亦深愛谷崎這類作品，受谷崎初期犯罪小說影響。

就日本偵探小說發展史而言，出版谷崎犯罪小說如上述的意義與價值。

1

柳湯事件

那個年輕人來到上野山下、S博士的律師事務所，是某個夏天晚上約九點的事。

當時我人在樓上老博士的房裡，隔著大型書桌，正要聽他口述最近的犯罪事件，看看有沒有什麼可以成為小說題材的。寫到這裡，讀者應該會有所推測吧！是的，從很早以前開始，博士就是我的忠實讀者。每次來訪，他都很樂意提供能讓我耳目一新的題材。身為知名刑事案件的律師，法律自不待言，連文學、心理學、精神病學等等，老博士也頗有造詣。因此，與其讀一些半吊子的偵探小說，我更有興趣聽他口述長年所經手之各種駁雜的罪犯祕密。

如前所述，青年是在某個夏夜九點剛過時敲的門。屋裡只有博士和我。在他如常的白色鬍鬚下，是溫暖、和藹的笑顏。他身穿寬鬆的亞麻衫，電扇就在背後吹著。而我，也像平時那樣倚窗而坐，手肘撐在桌上。窗外可見遠處上野山上常盤花壇的燈火。我正享用著餐後送上來的冰淇淋，一邊就之前社會版上鬧得沸沸揚揚的龍泉町寺殺人事件，和博士討論著許多不為人知的祕辛。或許是太專注了，一開始，竟對那年輕人上樓的腳步聲充耳不聞。因此當門板上傳來叩叩的敲擊聲時，讓我們有點意外。博士瞥了門一眼，俐落地說了句「請進」，便想繼續我們的話題；我想，他大概以為是雜役有事上來一下吧！而我也是這麼想的。通勤於這家事務所的人，每到傍晚就會一一離開。除了住在樓下的雜役，不會有人未經引導就直接上二樓來。但此時，門把喀啦轉了一圈，接著，拖著重物般的腳步聲響起，一個未曾謀面的青年就這樣踉蹌地進到房裡來。

「啊，這傢伙應該是個大罪犯吧？」

那一瞬間，不知為何連我都有這種直覺，那麼，博士一定更早就注意到了。事實上，那青年的表情極盡悽慘，更勝我在劇場或電影裡所看到的。他的眼睛瞪得好大，眼珠都快要跳出來似的。光是黑眼珠的顏色，連一般人也看得出他肯定是個異常的罪犯。博士和我都不期然變了臉色。而且，連早已熟稔這類情況的博士，都用手勢輕輕制止了慌忙想從椅子上跳起來的我，以沉著卻也不敢輕忽的態度，專注而警戒地凝視著青年。

對方走向前，在彼此相對的書桌兩、三步前停下來，沉默地看了我們好一會兒。

「你是什麼人?來這裡做什麼?」

博士語氣溫和地問。青年依然瞪大眼睛,沒有回答。不,他似乎想回答,但因上氣不接下氣,連要開口都沒辦法。從他氣喘吁吁的樣子、發紫的唇色,以及一頭亂髮來看,可能一路狂奔,好不容易才逃到這裡來。他閉上了眼睛,一隻手放在搏動如擂鼓的心臟上,呼呼呼地費力喘氣,試圖平息亢奮的神經。此間就花了兩、三分鐘。

年輕人年約二十七、八。外表看來有點髒,故略顯老氣,但最多應該不超過三十歲。身材瘦長的他,穿著一件老舊的西服,沒戴帽子,青白的額頭上覆蓋著稻草屑般的亂髮。他繫了一條波西米亞風格的領帶在略顯髒汙的衣領上。看到他肩膀沾了顏料,一開始我猜想他大概是油漆工什麼的。但說是油漆工,隨即又注意到他臉上有種高雅的氣質。而且,不管他的長髮也好,波西米亞領帶也罷,都讓他看起來不像工人,而比較像畫家。這也是我無法忽略的。隨著劇烈心跳趨緩,發紫的嘴唇恢復血色,青年終於睜開了眼睛,但是,他的眼眸仍像在做夢似的。他不看博士,頭稍微低垂，好一會兒視線都放在桌上。那裡只有我之前拿在手上、吃了一半的冰淇淋杯子，外加一個桌上型電話而已。他一直盯著那個冰淇淋杯子，像是在看什麼珍奇的東西。或許是因為他氣喘吁吁，口渴了，要我們給他冰淇淋吃？——但這想法一閃即逝，因為我立刻就明白那是非常謬誤的推論。凝視著冰淇淋的青年，眼神透露出的與其說是「珍奇」，毋寧更是「疑懼」。而且，看著看著，無以名狀的恐怖瀰漫了他的臉。若要比喻的話，他彷彿是以膽怯的眼神在凝視怪物的真面目。他狀似不解地看著黏膩而濃稠的冰淇淋。接著，又往前一步，越發仔細地盯著冰淇淋的杯子瞧，最後，才放心地輕輕嘆了口氣。博士一直默默觀察他那令我不解的動作與態度，此時終於好整以暇地，再度溫和地問：

「閣下是誰？來這裡有什麼事？」

博士剛才用的代名詞是「你」，現在已改為「閣下」。或許他和我一樣，後來注意到這青年應該不是低階的職工吧？

接著，青年用力地嚥了一口口水，還眨了他的大眼睛兩、三下。然後又突然意識到危險逼近般，戒慎恐懼地往進門的方向看。呈現出一副坐立難安，彷彿被恐怖玩意纏身的樣子。

「呃，沒任何引薦，就貿然前來打擾，真是失禮……」

青年說著，倉皇低頭，粗略鞠了個躬。

「您是——不好意思，請問您是S博士嗎？我是住在車坂町的K，是個畫家。剛才去了前面的湯屋，回程時來您這裡……」

原來如此。青年的右手拿著毛巾和肥皂盒。從他身著西服去湯屋，身上就那麼一件來看，應該連換穿的浴衣都沒有帶。前面提到他蓄長髮，髮梢被水氣濡濕了，除此之外，不論手或臉都沒有剛沐浴後的豐潤光澤。

「……我、我想非要見您一面不可，是一路從湯屋衝過來的。原本也想請人通報，可是沒看到任何人。……而且我很緊張，才會未經同意就貿然進來。失禮之處，容我鄭重致歉。」

青年說話的樣子已稍微平靜，但眼中的不安卻一點也沒消退。不如說，他越是急著讓自己冷靜下來，那亢奮就越顯而易見。他把右手上的肥皂盒塞進口袋裡，雙手扭絞著濡濕的毛巾，以極快的速度向博士致意，聲音沙啞得幾乎聽不大清楚。

「這麼說，你找我有急事是嗎？——來，那邊坐，有話慢慢說。」

博士這麼說，請他坐下。然後看了我一眼，說道：

「這位是我很信賴的人，你不用擔心，有話直說無妨。」

「好的，謝謝。老實說，我的確有事要告訴博士。但是在說之前，有個請求非拜託您不可。我今晚恐怕已經犯下殺人罪了。說**恐怕**，是因為我自己也無法清楚判斷是否如此。剛才，有很多人指著我，眾口交相地說『殺人犯、殺人犯』。我聽了實在很害怕，才會急著逃到這裡來。搞不好馬上就有追兵追過來了。但重新想想，可能是無稽的夢；也就是說，或許一切只是我的幻覺而已。因為，若要說今晚的殺人事件是真的，實在有太多不合理之處，況且，我一直以來都深受幻覺所苦。今晚的事究竟到哪裡為止是真的，連我自己也完全摸不著頭緒。或許真的有人被殺了吧，不過下手的不是我。又或者從頭到尾都沒發生過殺人事件，聽到『殺人犯、殺人犯』，還有，後面有人追來的事，全部都出自幻覺。博士，我絕不是為了脫罪才這麼說的，今晚的事件，我會全盤托出，請您判斷我是否惡行重大。就算殺人事件確有其事，同時，下手的人的確就是我，我也想請您為我作證，我並非十惡不赦的大壞蛋，而我所犯的罪行，全都是幻覺作祟的結果。萬一真的有人追來這裡了，在我把話說完之前，拜託您不要把我交給警方。我要事先拜託的就是這個。像我這種異常患者的心理狀態，應該是基於某種不可抗力的因素才犯罪的。相信除了您以外，沒有人能夠了解這一點，並進而幫我辯護。其實，就算沒有今晚的事，我也老早就想來拜訪您了。不知您能否答應我的請求？因為這事說來話長，在我講完之前，請讓我藏在這裡好嗎？當然，說完後假如我確實有罪，我發誓一定會去自首的……。」

年輕人一口氣說了這麼多，恭敬地看著溫和卻也目光銳利的老博士。那一瞬間，博士的臉上溢滿未曾有過的嚴峻。頭腦清晰，富有學者品格與權威的他，一直熱切地凝視著青年。不管青年是否有罪，我想，博士應該都會不懷疑，基本上這是個誠實的好青年吧！隨即，博士就表達了寬大的態度說：

「好的。在你說完之前，我會保護你的安全。你看起來很激動，先讓自己平靜下來，好好把話說清楚。」

「嗯，謝謝您。」

青年用感傷的口吻說道。然後，在博士指的椅子上坐下。於是我們圍著書桌，聽他開始慢慢敘述。

「今天晚上的事，我真不知要從何說起。此事開端何在，事發何時，越想越覺得複雜，感覺必須一直往前回溯才行。換言之，要詳述此事的來龍去脈，恐怕得在此完整披露我的人生。甚至可以說，假如不仔細交代我的出生背景、雙親特徵是不夠的。但是，我又沒有餘裕贅述那些，所以就簡述一下我的情況好了。其實我帶有瘋狂的基因，十七、八歲起就罹患嚴重的神經衰弱。目前以畫油畫為業，但很慚愧的是畫技拙劣，生活一貧如洗。我想，您若先知悉這幾點再聽我細說分明，至少就能了解我目睹的詭異世界和經歷的苦悶，究竟是怎麼一回事了。

就像剛剛說的，我住在車坂町路面電車道後方、名為政念寺的淨土宗寺廟境內。我在那裡租了一間長屋，去年底開始和某位女性同居。某位女性——是的，就親密的程度來講，幾乎可以稱為妻子了，但是，她和我的關係與一般夫妻相當不同，所以姑且就稱她某女性吧！不，我看我還是叫她的名字好了，她叫瑠璃子。因為後面我會時常提到她。

老實說，我和瑠璃子拜彼此所賜，才會淪落到今日這般田地。雖然我仍執迷不悔，但瑠璃子似乎已有諸多不滿。她原是日本橋的藝伎，心裡一定早有這樣的念頭了吧：假如當初沒和你這個流氓私奔，現在肯定已被哪個大人物贖身，過著豐衣足食的生活了。至今，我仍瘋狂為她著迷，卻看得出本性淫蕩多情的她，早就已經厭倦我了。她時常藉故吵架，每次都會奪門而出。沒有特別的事也會去找男性友人，搞到三更半夜還不回來。即便不是這樣，也會做出別的事，讓原本就善妒的我發怒。在那種情況下，我幾乎就是名符其實的瘋子。我也很清楚自己發瘋、發狂的樣子。有時會瞬間怒火攻心，一把抓住她後腦勺的頭髮，把她像陀螺一樣拖過來甩過去，或是打她、捶她，有時，甚至瘋狂到會想把她殺掉。而她，卻不是那種會因此畏懼的弱女子。我也時常在她面前雙手合十，把頭磕在榻榻米上，哀求她與我和睦相處。可是，這種態度只會讓她變得更傲慢、任性。當然了，她會變成那樣，我也不能說自己沒有錯。從去年起，除了神經衰弱，我還罹患了嚴重的糖尿病。因此，就算我有心好好疼她，卻越來越不能給她肉體上的滿足。我想，這一定也是我倆關係惡化的重大原因吧！對她那種健康又多情的女人來說，這或許是無法忍受的苦惱。因此，不知何時開始，原本健康條件足堪誇耀的瑠璃子，也嚴重歇斯底里了起來，經常無端動怒，情緒焦躁。原本如櫻花般粉嫩透亮的氣色，漸漸蒼白消瘦，越來越顯憔悴。看到她變成這樣，我既心疼卻又痛快；我的心態已經變得如此頹廢病態了。而瑠璃子的歇斯底里，也以雙倍的氣勢，給神經衰弱的我帶來更負面的影響。我想，博士您應該知道吧！糖尿病這種病和神經衰弱的關係極其密切，若是肥胖者的糖尿病還不足以太憂慮，但是，像我這種瘦弱的人，如果得了糖尿病，都是極度惡性的。不知我的情況是糖尿病加重了神經衰弱，亦或剛好相反；反正孰先孰後不知，總之，這兩種病症交互影響，雪上加霜，讓我的身心健康日復一日地惡化。我不斷為她的事鑽牛角尖，常在腦中描繪各種妄想，甚至備受幻覺的攻擊。後來，無論睡著或醒著，都身處光怪陸離的夢境。其中最痛苦的是擔心自己會被瑠璃子殺掉。即使我才能有限，卻沒完全放棄對於藝術的熱情。雖然對瑠璃子這般迷戀，卻也時常在心中祈禱：既然生在此世，要死也要留下一件偉大的藝術作品。哪怕我再墮落、再頹廢，卻仍堅信藝術生命的不朽。但要是不幸被那女人殺掉，我曾存在這世上的痕跡就將永遠消失了。這是最讓我害怕的事。或許因為每天都在擔心『會今天被殺還是明天被殺』，因此，日日夜夜都受恐怖幻覺的折磨。半夜醒來時，彷彿親眼看見或感覺到瑠璃子悄悄騎在我身上，以鋒利閃亮的剃刀抵住我的喉嚨，或者，血從我的眉間滴滴答答流下來，再不然，就是在我的睡衣領子上塗了不知名的麻醉藥，讓我每次都嚇得快暈過去。話雖如此，瑠璃子卻一次也不曾反抗我的暴行。雖然性格乖僻甚至薄情，但每次被我毆打，她都像死人一樣動也不動，唇邊帶著嘲諷的冷笑，任我又踹又打。她的態度可說是火上加油，無可抑制地刺激了我的狂暴與殘忍。她一味忍耐，平靜無懼的表情反而讓我越看越害怕。偶爾，她若對我溫柔相待，我反而會起戒心。只要是她給的，不管一杯酒或一杯水，絕不輕易喝下。後來甚至會想：與其被殺，不如我先下手為強把她殺掉，這樣比較安全。因為我已看清楚一個事實了，那就是『不是我死，就是她亡』。總之，我們之間的腥風血雨，已經避免不了。

我原本打算在今年秋天的展覽上發表以她為模特兒的裸體畫，但是，照這樣子來看，工作當然是不可能有進展的。從上個月底開始，兩人幾乎每天都吵架，我根本就沒功夫拿畫筆。原本就已十足病態的腦子，更因工作不順遂而自暴自棄，讓我的生活陷入了絕境。這半個月以來，幾乎每天都重複著毆打她、寵溺她、崇拜她、懇求她的日子。我對她的感情，就像貓眼般在一天之內變幻莫測。前一秒鐘還想用力摔死她，後一秒，卻又匍匐在她面前淚流滿面。若她還是不依，我就繼續打她、踹她。每次大戰過後，她都會頭也不回地跑出去，經常半天、一天，有時直到天亮都不見人影。我被留在家中獨自呆坐，連哭或生氣的力氣都已失去，只能抱著麻痺的頭，失魂落魄地躺著，漫然等待時間過去。

剛好四、五天前鬧劇再度上演，而且那天的爭執比平時還激烈，甚至讓我自暴自棄地想：要發瘋的話，乾脆就這樣發瘋算了。於是，我開始毫無理智地大發雷霆。我們大約是從傍晚時分開始吵的，一直吵到晚上九點多還沒停，幾乎把她整得要死不活。後來，頭髮亂得像瘋婆子的她突然『啪』的一聲，癱倒在外廊的木地板上。我卻無視於此，一股腦兒地就往外衝出去，開始在街上四處亂走。我為什麼會先離家？當然是因為知道過一會兒她就會跑出去了。我不想看到這幕，想先發制人，先跑先贏。至於我走了哪些地方，是怎麼走的，至今仍想不大起來。只隱約記得穿過了黑暗的上野森林，再從動物園後方走下池塘邊。這時神智漸漸清醒，嘆了一口氣。大概想讓涼風吹吹我怒火焦灼的腦子會比較舒服，才會在不知不覺間，走向人煙稀少的地區吧！從那兒走過納涼博覽會①前面，又橫渡了觀月橋，來到上野方向時，理智已稍稍恢復，也大約明白自身處境了。或許是因為之前發瘋得太暴烈，就像被人從高處丟下來一樣，全身都在隱隱作痛。我仍泰半處於夢中，意識有些朦朧。而且腦子就像暴風雨肆虐過一樣，感覺很不真實。這次的爭執，琉璃子被我打得很慘，如今，她的身影僅如浮光掠影一般，遠遠地閃逝而過。即便我一直在心中凝視她的模樣，卻沒有愛戀或悲傷的感覺。不一會兒，我來到一個人聲鼎沸、燈火通明的大街上。心想，咦？我現在人在哪兒？隨即就發現是在廣小路的路面電車道上。那裡到處都是夜市商店，前來乘涼的人，摩肩接踵，人馬雜沓。就這樣，我被人群推擠著，漫無目的地前行。那天晚上好像是摩利支天②祭典，不然就是週六的夜晚，因為，四處都是前來參觀博覽會的人。平時那裡就很熱鬧了，但當天晚上人實在多得太不尋常。總之，眼前所見的街景就是如此。然而，那種熱鬧並不會令人頭暈目眩，反而像是在聽交響樂，有種華麗、歡樂、開朗的愉悅感。平時我並

---

①譯註：納涼博覽會：日本各地皆有舉辦納涼博覽會的慣例。根據《上野動物園百年史》（P.535）年表所載，第一回納涼博覽會於一九一一年六月至八月，於上野公園內舉行。

②譯註：在佛教造像中，摩利支天一般呈現天女形象。是觀世音菩薩或多羅菩薩的化身，具有廣大的功德之力，能消災、除障、增福、滿願。

不喜歡人多的地方，當晚大概是因為反常，才會產生那種感覺吧！我想，一定是因為那些鬧哄哄移動著的行人、色彩、聲響和光線，沒有一個在我腦中留下清晰的印象，僅僅如幻燈片一般朦朧流洩而逝，才讓我有如此輕盈的感受⋯⋯。我就像獨自待在極高的地方，俯瞰世間雜沓的感覺。還有，我想大家應該都有這種經驗吧！孩提時代若被母親責備了，總會哭著走在街上，因淚眼婆娑而看不清四周，一切彷彿遠景。那晚我所看到的，約莫就是這樣。

接下來——對，大約是三十分鐘後的事。我依序從廣小路往車坂的回家方向折返。當然，那時並沒有很明確要回家的意思，心想或許走到一半，又會想往淺草公園那邊去。後來我在車坂車站右轉，往路面電車道方向走了十公尺左右，突然發現左邊有間叫做柳湯的湯屋。博士您也知道那間湯屋吧？就這樣，當我來到湯屋前，忽然想進去泡個澡。在此我要說明一下：一直以來，每當頭腦混沌時，我就習慣去泡湯。對我來說，精神的憂鬱和肉體的不潔完全是同一回事。就像心情沉鬱時，體內會有汙垢堆積，散發出惡臭。心情沉鬱得厲害時，不管泡多久，那些汙垢和惡臭也不容易洗掉。這樣聽起來好像我有潔癖，一年到頭都泡在浴場裡似的。其實不然。大部分時間我都很沉鬱，沉鬱到連去泡個澡的力氣都少有。習慣了長期的精神憂鬱後，反而享受起肉體的不潔——那是一種難以名狀的倦怠，無精打采的感覺，猶如泥濘般混濁不堪——甚至讓我對這種心情產生了親切感。但是，那天當我來到柳湯門前時，突然覺得進去泡個澡也不錯，或許能暫時讓我半個月來的黯淡心情開朗一些……。

其實，無論泡湯屋或理髮店，我都沒有固定去的店家。總是在街上看到了，就隨興走進去。所以請您要這麼想：那天晚上，純粹是因為我口袋裡剛好有十塊錢，才會飄然走進柳湯裡去。進到裡面，我才發現之前竟未曾來過。不，說實在話，直到那晚經過，才注意到那裡有間湯屋。又或者，之前是曾注意過的，只不過全然不記得而已。在此必須再度聲明的是，我離家時是九點多，之後已過了好幾小時，至少應該有三小時吧？即使是夏天，但都已經那麼晚了，浴場裡卻還像剛入夜似的，人山人海。室內都是水蒸氣，整片朦朧，所以我不確定空間的大小，只知道地板和水桶全都滑溜溜、黏呼呼的，感覺不大乾淨。或因夜已深沉，有一大堆人泡過了，才會如此不潔。總之，浴場裡簡直擠爆了，連要拿一個小水桶都很費勁兒。再說浴池裡面的擁擠程度更是不得了，例如我身旁就有五、六個人抓住浴槽邊緣，嚴陣以待，隨時伺機擠進摩肩接踵的裸體浴客之間。擠得簡直像排列著一根根的芋頭，等著要被刷洗似的，讓我目瞪口呆。我用租來的毛巾舀起浴池裡的水，嘩啦啦地沖洗背部。過了一會兒，發現池子正中央有點空隙，就硬擠了過去。浴池裡的水微溫，像唾液一樣濃濁，帶著髒汙的臭氣，一下子衝向我的鼻子。在我前後的泡澡客，臉部或身體都糊成了一片，讓我聯想到卡里耶爾[3]的畫作。我甚至感覺四周飄盪著無數的幻影。前面已經說過，我擠進的地方剛好是浴池正中央，除了朦朧的水氣，幾乎什麼也看不見。抬頭看天花板也是，往前面看也一樣，無論往左或往右，全都是水蒸氣。連在我身旁的五、六個人，也如幽靈般，只能模糊看出大致的輪廓。若不是因為那時男湯女湯兩邊都人聲鼎沸，聲音反響到水蒸氣瀰漫的巨蛋型挑高天花板上，再加上溫暖的泡澡水包裹著我的身體，我會覺得和走在深山山谷間的濃霧裡別無二致。其實，這也和我之前在大街人潮中晃盪時一樣，被吸進一種奇妙、孤獨，如夢境般愉悅，卻又不甚可解的氛圍裡。

當我泡進池子裡，就更感覺出這浴場的不潔。無論是浴池邊緣、底部，或是浴湯本身，全都咕溜咕溜的，就像口中吸吮著東西一樣，黏、膩、濃、濁。這麼形容，會讓人以為我感覺很不舒服吧？其實並不盡然。在此，我得對自己的怪癖據實以告：不知為何，我天生就喜歡觸摸滑溜溜的物質。

例如蒟蒻。從小我就特別喜歡蒟蒻，但不見得是因為它好吃。就算不吃，光是用手摸，或欣賞它咕溜咕溜的抖動感，都能讓我感到愉悅。另外，像是洋菜凍、軟糖、管狀牙膏、蛇、水銀、蛞蝓、山藥泥、肥女的肉體——總之，不管是不是吃的，無一不能挑起我的快感。而我會愛上繪畫，恐怕也是因為對這類物質越來越著迷之故吧！只要看過我的靜物畫，您就會明白，像溝泥那種濃濁的，或軟糖一樣滑

③ 譯註：卡里耶爾（Eugène Carrière, 1849–1906）：法國象徵主義畫家，以褐色的、霧靄式的獨特畫法聞名，與雕刻家羅丹互為好友。

溜的物體，我都畫得特別好。朋友甚至因此幫我取了『滑溜派』的稱號。對於滑溜的物體，我的觸覺特別敏銳，就算閉著眼睛，隨便一摸，也能立刻猜中那是芋頭的滑溜、鼻涕的黏膩，還是香蕉的軟爛。那天晚上也是如此。當我浸在骯髒的浴湯裡，腳丫觸及濕滑的浴池底部時，反而升起一種快感。不久，很奇妙地，連我的身體也變得滑溜起來。我身邊湯客們的肌膚，也像浴湯一樣，泛著水嫩的晶光，甚至讓人想摸上一把。就在此時，我的腳好像踩到海藻般厚重，又如蠕動的鰻魚那樣、比池水還要滑溜的東西。就像把腳伸進古沼中，不料卻踩到青蛙屍骸的感覺。我用腳尖試著去碰碰看，那東西立刻像海藻般纏住我的小腿，這下子，感覺變得更濃稠厚重了。突然，一塊流動的物體出其不意地撫過我的腳背。一開始我以為是皮膚病患的膏藥或其他熬製的丹藥，跟繃帶一起在池底漂來蕩去。但是，過了一會兒再踢踢看，發現那東西的體積還真不小。而且，當我踩在那個流動物上，走了兩、三步之後，發現黏膩濃稠的程度更是有過之而無不及。最後，腳下的東西就如橡膠一般，沉重地滾滾而來。那個好似橡膠的物體，整面都像被痰似的黏液包覆著，一用力踩下去就立刻滑開。再試著踩一腳，那沉甸甸的東西卻向上膨脹起來。有些地方是凹下去的，但不一會兒又開始膨滿、升高。它的全長大約有一八〇公分，在水底不斷扭動、漂移。因為實在太詭異了，就想：乾脆用手撈起來看看吧！就在那一瞬間，腦中突然閃過一個恐怖的念頭，立刻驚悚地把手縮回。那纏住我的小腿、感覺像是藻類的東西，該不會是女人的頭髮吧？……女人的頭髮？是的，那長長的、纏繞在一起的東西是女人的頭髮，而有如橡膠般沉重的東西，是人類的肉體。這麼說來，在浴池底部漂蕩的，就是女人的屍體了……。

不！怎麼可能有這麼荒謬的事。此刻泡在浴池裡的，除了我以外，不是還有一大堆人嗎？大家的表情都很正常不是嗎？我轉念這麼想。然而，那滑溜的東西此刻仍纏繞著我的小腿，沉重的物體也在腳下膨脹。就算是在腳底，但我的觸覺何其敏銳，絕不可能誤判。那確實是人體沒錯，而且還是女人的屍體──對我來說，這已是無可置疑的事實了。但即便如此，為了確認，我還是從頭到腳又仔仔細細踩了一遍。答案仍一樣。像頭顱般的圓形物底下，是細長而凹陷的脖子。接著，高高隆起、如山丘的胸部上是她的乳房。然後是腹部和雙腿。它確實具備了人體的形狀。當然，我也懷疑自己是不是在作夢？假如不是夢，也未免太詭異了。我現在在哪裡？正蓋著棉被睡覺嗎？我這麼想，就往旁邊看去。四周依然霧氣蒸騰，人聲嘈雜。自己前後的兩、三個泡湯客，看來也都如夢似幻，霧濛濛地飄浮在眼前。那朦朧不清的水霧世界，可能在在都只是夢幻泡影。我想：這是夢，是夢！我一定是在作夢!!雖然半信半疑，還是硬把它想成夢。而且還在心裡咕噥著：若真是夢就先不要醒來。讓我多做一點光怪陸離的夢吧！我要做更多有趣的、非比尋常的夢才好！祈求快從夢中醒來原是人之常情，我卻截然相反。我個人認為夢很有價值，對夢寄予深刻的信賴。極端一點來說，我是把夢境而非現實，視為生活基底的男人。因此，就算領悟到這是夢，也不會突然失去現實感；做夢對我來說，就跟吃美食、穿華服一樣，具有某種寫實的快樂。

因此，我以貪戀夢境之樂的心境，反覆用腳去玩弄那個屍骸。然而，很不幸的，這個樂趣並沒有持續多久。因為我很快就發現了一個恐怖的事實，讓我無法再把它當作一場夢！我敏銳的腳底觸覺——唉呀！這是多應受詛咒、致命的觸覺啊！——它告訴我，那不僅是一具女人的屍體，連是什麼人的我都知道了!!那濕滑如海藻般纏住我小腿的頭髮，那豐盈得驚人的髮量，如微風般蓬鬆的秀髮，不是她的會是誰的呢？一開始會愛上她，也正是因為她的頭髮呀！我怎麼可能會忘記呢？而且，那有如棉花柔軟、水蛇般滑溜的肉體——就像塗了葛粉湯般、黏稠又光潔的肌膚，若不是她的，又會是誰的？接下來，是她鼻子的形狀、額頭的樣子、眼睛和嘴唇的位置，這些都如親眼所見般，在我腳下清晰可辨。沒錯！不管再怎麼說，或再怎樣不願承認，都無法改變那就是瑠璃子的事實。瑠璃子已經死在這裡了。

因此，這湯屋裡的不可思議暫時得到解決了；果真，我並不是在作夢，我見到瑠璃子的靈魂了。一般來說，靈魂這種東西威脅的是人類的視覺，但我的情況不同，它威脅著我的觸覺；我觸碰到她的靈魂了。我對此深信不移。剛才衝出家前，我把她打得半死。其實，那時我就已失手打死她了。當時她整個癱在外廊上，沒有要爬起來的樣子。因為那時她已經死了。如今，才會以幽靈的狀態出現在這湯屋裡。假如不是幽靈，湯客這麼多，不可能沒有任何人發現啊！我終究還是殺人了！早就想過要幹的事，今晚終於發生了——當這個念頭一浮現，我立刻嚇得離開浴池，還來不及把身體沖乾淨，就一溜煙地逃到大街上了。外面依舊熱鬧非凡。附近出來乘涼的人仍絡繹不絕，還有好多輛電車呼嘯而過。凡此種種，都證明著除了我以外，這個世界一切如常。

然而，倒臥在外廊上的瑠璃子和沉在浴池底部濕滑的屍骸觸感已合而為一，燒烙在我的腦子裡。接下來的兩、三小時，直到半夜三更、杳無人聲為止，我都在街上漫無目的遊蕩。我想，那種悽慘的心情，不用在此贅述，您大致也能明白吧！後來，我決定先回家一趟，確認一下這樁恐怖事件的真偽，並下了決心：若我真的殺了人，明天就要去自首。即使除了我以外世界仍一如往常，我卻無法不相信瑠璃子已不在人間的事實。其實當時我會有這樣的想法極其正常。若說瑠璃子還活著，而且，沉在浴池底部的屍骸並非她的幽靈，反而才更奇怪。

不料，當我深夜回到家時，發現瑠璃子竟然還活著！要是往常，吵架之後她肯定都會離家出走。那晚，大概是因為被我K得太慘，連動的力氣都沒了吧！所以仍和我離開前一樣，不省人事地倒在走廊上，散亂著一頭豐盈的秀髮。不過，她確實好好地活著。一開始我想，那該不會是她的幽靈吧？但等到天亮、早晨降臨時，瑠璃子依然在我身邊。當然，我並沒告訴她或任何人有關湯屋的事。這世上若真有所謂的生靈④，那麼，昨夜那東西肯定就是她的生靈。另外，我也這麼想。過去雖然時常有詭異的幻視經驗，但若硬要說昨夜的屍體只是幻覺，也未免太離譜了。除了我之外，不知以前是否有人也遭遇過同樣難解的幻覺？

到今天為止，連續四晚我都在同樣時間到柳湯那個浴場去。你猜怎麼樣？每天晚上，那個滑溜溜的屍體都在浴池中央的底部漂來蕩去，舔舐著我的腳底板。而且，那裡總是人滿為患、紛亂嘈雜，淋浴間也氤氳朦朧。若只是這樣倒也還好，但後來我實在忍不住了。之前都是用腳去碰，這回我一不做二不休，雙手一伸，咻地

④ 譯註：指活人靈魂出竅，自由行動。通常是因心懷怨念。在許多文學作品或民間信仰都可見生靈的記述。

插進屍體腋下，一把將她從池底拉上來。結果證明我的想像並沒有錯；確實就是她的生靈。她的身體泛著濕滑水光，眼睛和嘴巴都張得大大的，還拖著濕淋淋的長髮，就像黑色的海藻。那浮在水面上的臉，確實是瑠璃子的長相。我一緊張，就把屍體往池底壓。隨即反射性地出了浴池，再十萬火急換上自己的衣物，立刻想往外逃。就在那一瞬間，浴場內發生騷動，原本氣定神閒的湯客們，都開始大叫：『殺人犯，殺人犯！』我還聽到有人說：『就是他，就是他！就是那個穿衣服跑出去的傢伙！』我實在太害怕了，接連穿過幾個彎曲的巷弄，一路狂奔，最後，就逃到這裡來了。

我要說的只有這些。絕對沒有說謊。一開始我以為在做夢，後來覺得應該是幽靈，最後相信是生靈才對。可是，今晚卻聽到眾人那樣說，或許，它不是生靈也不是幽靈，而是她的屍體吧！我真的像他們所說的殺了人嗎？若真如此，我是用什麼方法把她殺死的呢？是像夢遊患者那樣，在不知不覺的狀況下犯了滔天大罪嗎？但是，她的屍體沉在浴池底部是怎麼一回事呢？屍體明明一直在那裡，為何直到今晚之前都沒人發現呢？還是說，從之前到今晚的事件為止，一切的一切，都只是我的幻覺而已？我真的發瘋了嗎？——博士，請為我說明這到底是怎麼一回事。就算我真的犯了罪，也想請您幫我向法官證明，我的申辯絕無半點虛假。今晚衝出湯屋的瞬間，我忽然想到如果是您的話，一定能理解我這詭異的立場，所以，才會這樣貿然前來拜託。」

青年的告白就到此為止。S博士聽完後回答：若不先帶你回柳湯一趟，無法明白事實真相。可是，他還來不及保護這青年，幾位循線搜索而來的警官就衝進事務所裡，把他強行帶走了。根據警官告訴博士的話，當晚青年突然在浴池裡勒死了一個男人。而且死者生前連啊的一聲都沒叫就斷氣，沉到了浴池底部。他死得實在太詭異了，澡堂裡人多，而且又熱氣蒸騰的，所以一開始沒人發現。直到青年把屍體拖上來，被一個湯客看見了，這才引起騷動。

青年的情婦瑠璃子當然活得好好的。後來她以證人身分被傳喚到法庭上。S博士擔任青年的辯護律師，他告訴我女人在法庭上的陳述，對青年精神不正常一事，提供了充分的證明。

有關青年平常的行為，她是這麼說的。

「我厭倦他絕不是因為他沒有工作，也並非我已另結新歡。而是他一年比一年嚴重的瘋狂，讓我感到非常害怕。這陣子，他開始強人所難，對我做出各種奇怪的要求。還會以莫須有的罪名為難我、虐待我、處罰我。而且，他折磨人的方式非常變態。例如，他會把我壓在地上，用吸飽肥皂泡沫的海綿刷我的臉。或把海藻潑在我身上，對我又踢又踹的。再不然，就是把顏料塞滿了我的鼻孔……。他一直重複著這些愚蠢的行為，不斷地欺負我。如果我乖乖讓他玩，他就很開心，但只要稍微不順他的意，他就會突然暴怒，對我動粗。這些事情周而復始，我實在不願意再和他在一起了。」

那女人似乎並非青年所言的淫蕩、多情，根據S博士的觀察，毋寧是個有點遲鈍又老實的女子。

青年並沒有入監服刑。不久，他就被送進瘋人院裡去了。

2 途中

這是十二月底某個傍晚，五點左右，東京T．M株式會社社員兼法學士湯河勝太郎，漫步於金杉橋路面電車道，要往新橋方向走去時發生的事。

「喂！喂！不好意思，請問您是湯河先生嗎？」

那時，橋已過了一半以上，突然有人從後面叫住他。湯河轉身，看見一位不曾謀面但風采獨具的紳士。對方客氣地摘下頭上的圓頂禮帽，向他行了個禮，走到他面前來。

「是的，在下就是湯河。」

湯河天生長得一副好人樣，但看起來有點毛躁。他快速眨著瞇瞇眼，回答的態度恭敬嚴謹，像是在應對自家的公司高層。因為，那紳士的氣勢看來就跟公司高層別無二致。因此，看到他的第一眼，就立即收回「在馬路上喊人的失禮傢伙」那種不悅的心情，自然而然地擺出一副上班族的卑屈姿態。紳士身穿海獺皮領，如西班牙犬毛般豐厚的黑色玉羅紗①毛料大衣（推測大衣裡面應該是大禮服②吧！），下半身則是條紋長褲。手持象牙把手的手杖，膚色白皙，年約四十，有點肥胖。

「我知道，貿然在這種地方把您叫住，實在很沒禮貌。但我剛剛才帶著您友人渡邊法學士的介紹函去貴公司拜訪……。」

紳士這麼說，隨即遞上兩張名片。湯河接過來，用街燈照亮了看。的確是好友渡邊的名片，上面還有他的親筆文字，寫著：「茲介紹友人安藤一郎先生。此人乃小弟我的同鄉，有多年交情。聽他說要做貴公司某社員的身家調查。懇請惠予同意見面。」──看了另一張名片，寫著「私家偵探安藤一郎　事務所　日本橋區蠣殼町三丁目四番地　電話　浪花5010號」。

「所以，您就是安藤先生──」

湯河站在那兒，再度仔細盯著紳士瞧。「私家偵探」──他知道這職業在日本

①譯註：羅紗指毛呢或呢絨布料。玉羅紗為羅紗的特殊織法；刻意在毛料表面磨出細軟絨毛或織成波浪狀，並且是質地厚實的織法。常用於高級毛衣或大衣。

②譯註：此指 Morning Dress，為男性最高級別的禮服之一。源自十八世紀英國貴族的騎馬服，十九世紀開始，逐漸在正式場合通用，後來成為男性正式禮服的代表。中文語境有大禮服與晨禮服之稱。

比較罕見，但東京也有五、六家了。今天還是第一次真正見識到。他心想：日本的私家偵探風度翩翩，似乎比西洋的略勝一籌呢。湯河喜歡看電影，時常在西洋影片裡看到偵探的角色。

「沒錯，敝人就是安藤。正如名片上寫的，有事想請教您。很幸運得知您在人事課高就，剛才去貴公司拜訪，想和您見個面。我知道您忙得很，內心實在惶恐，但不知能否叨擾一下？」

紳士說話鏗鏘有力、簡單明瞭，與他的職業頗為相符。

「哪兒的話。我已經沒事了，任何時候都方便……」

湯河一聽對方是偵探，就把「在下」改為「我」。

「我必如您所願，知無不言，言無不盡。但是，這事很急嗎？不急的話，明天再談怎麼樣？今天也沒關係啦，不過，在這大街上談似乎不大適合——」

「這個嘛，您說的有理。可是，明天是假日，而且事情也沒大到要特地去您府上打擾。不如，在這附近散散步，一邊談談，好嗎？而且，您向來不是喜歡這樣散步嗎？哈哈……」

說著，紳士就笑了笑。那是政治人物常用的、豪爽的笑法。

但湯河明顯擺出了一副困擾的表情。因為，他的口袋裡正裝著公司剛發的月薪和年終獎金。那金額對他來說實在不少，內心正竊喜著，覺得今晚很有幸福感呢。之前，妻子曾要求他買手套和披肩給她——那條披肩的毛料豐厚紮實，多適合她洋派的小臉蛋呀！心想這就去銀座買下來，然後，盡早回家討她歡心。他正走在路上這麼想著，卻被一個素不相識的人莫名打斷了美好的想像，懊惱著今晚難得的幸福遭到破壞。好吧，這個就不計較了，但這傢伙竟然知道我喜歡散步，還從公司一路追過來？即便是偵探，也未免太討人厭了。他為何認得我的長相？光想到這一點就覺得不舒服。更何況，肚子已經餓了。

「怎麼樣？我不想給您添太多麻煩，稍微撥出一點點時間就好，如何？敝人想針對某人的身分做些深入了解，但與其到貴公司去，在街上反而比較適當。」

「是嗎？既然如此，那就一起走一段吧！」

於是，湯河無奈地和紳士並肩往新橋方向走。其實紳士說的也有道理，況且，要是明天他真的拿著偵探的名片找到家裡來，確實會滿困擾的。

一往前走，紳士——那偵探就從口袋拿出雪茄來抽。一百多公尺的路程都沉默地抽著雪茄。不用說，這讓湯河產生一種被耍了的感覺，開始感到焦躁。

「呃……請問是什麼事？事關我們公司的社員背景，那是在說誰？只要是我知道的，一定全部奉告。」

紳士依然沉默不語，又繼續抽了兩、三分鐘的雪茄。

「是不是這樣？就是，哪個社員要結婚了，所以來做他的身家調查，對嗎？」

「嗯，沒錯，就是您推測的那樣。」

「我在人事課，經常會有這類的事情來找我。到底是誰呢？那男的。」

至少湯河想對此表現出興味盎然的樣子，好奇地問。

「這個嘛，您問是誰，反而有點不好說了。其實……正是閣下您。有人委託在下做您的身家調查。但是，這種事與其去向別人打聽，不如直接請教本人比較快，所以我這就來了。」

「可是我——或許您還不知道吧，不過，我已經結婚了唷！是不是哪裡搞錯了？」

「不，沒有錯。在下也知道您已經有夫人了，但是法律上的結婚手續還沒完成不是嗎？而且，就算早一天也好，您也希望能儘速完成這手續，對吧？」

「原來如此，那我懂了。所以是我內人娘家那邊委託您來調查的嘍？」

「基於職業倫理，我無法透露委託人的身分。不過，您大概心裡多少也有數吧？這一點還麻煩您包涵。」

「嗯，沒關係，那根本無關緊要。有關我自身的事，儘管問無妨。比起被人間接調查，這樣確實感覺比較好。我很感謝您採用這種方式。」

「哈哈，說感謝就愧不敢當了。每次做婚前調查，我（紳士也開始使用「我」了。）用的都是這種方法。我認為，只要對方是有相當人格、地位的人，直接來問準沒錯。而且有些事情，非得問本人才會知道。」

「沒錯，正是如此。」

湯河狀似愉悅，贊成地說。不知不覺間，他已經釋然了。

「而且，對您的婚姻問題，我也寄予相當的同情。」

紳士瞄了一下湯河愉快的表情，繼續笑著說。

「為了讓夫人的戶籍移入您府上，必須儘早讓她跟她娘家和解對吧？不然，就得再過三、四年，也就是等她年滿二十五歲以後才行了。不過，要和解，必須先讓對方了解您，而不是您夫人。這件事比什麼都重要。我是一定會盡力協助的啦，但為了達到這個目的，還得請您配合，誠實回答，不要對我隱瞞才好。」

「當然，這我很明白。所以您也不必客氣，儘管問。」

「既然如此，我想先問的是——聽說您和渡邊君在學時同一屆，所以，您是大正二年大學畢業的對吧？」

「是的，大正二年畢業。而且一畢業就進現在這家T．M公司了。」

「哦，一畢業就進現在的T．M公司——這個我已經知道了。那您與之前的夫人是什麼時候結婚的呢？據我的理解，好像和進這家公司差不多時期。」

「嗯，是的。進公司時是九月，我們隔月、也就是十月結的婚。」

「大正二年十月——（紳士這麼說著，一邊掐指一算）也就是說，你們共同生活了剛好五年半的時間……。而您前任夫人傷寒病逝，應該是在大正八年四月吧！」

「嗯。」

湯河回答，但心裡頗為詫異：「這男的嘴巴上說不想間接調查我，卻事先查了這麼多。」於是，他又露出不悅的神情。

「聽說您非常愛您之前的妻子。」

「是的，我很愛她。但這並不表示我沒那麼愛現在的妻子哦！她剛走時，我當然也留戀不捨，幸好那痛苦並不是無法痊癒的；就是現在的妻子治好了我的悲傷。所以，就這一點而言，我對久滿子有義務——久滿子是現任妻子的名字，但我想不必說你應該早就知道了。我一定得跟她正式結婚才行。」

「那當然。」

紳士回答，把他認真的語氣輕鬆地就帶過了。

「我也知道您前任夫人的芳名，叫筆子是吧？而且，我知道筆子夫人似乎一直玉體欠安，在因傷寒過世前就時常生病……。」

「太驚人了！真不愧是偵探，你怎麼什麼都知道。但既然都知道了，也就沒什麼好調查了吧？」

「啊哈哈哈哈。您過獎了，我真不敢當。但這畢竟是我吃飯的本事，所以，您就別挖苦我啦！對了，有關筆子夫人鳳體違和的事，在患傷寒之前，她好像得過一次副傷寒對吧？嗯……那應該是大正六年秋天、十月份的事。聽說還滿嚴重的，一直高燒不退，讓您很擔心。然後隔年，大正七年一月時感冒，還臥床了五、六天，沒錯吧？」

「嗯，對、對。好像有這麼回事吧！」

「然後，七月有一次，八月有兩次的腹瀉紀錄。其實，這種事一般人夏天也常遇到。三次腹瀉中，有兩次極其輕微，也沒到必須休養的程度。但是另一次就比較嚴重了，還在床上躺了一、兩天呢。接下來的秋天，因為歷年的流感肆虐，害得筆子女士又中鏢兩次。十月的那次倒還好，但第二次是隔年，也就是大正八年元月的事，對吧？我聽說那次還併發了肺炎，差點病危呢！等到好不容易肺炎好了，不到兩個月，卻因傷寒而香消玉殞——是不是這樣？我說的基本上沒錯吧？」

「嗯。」

湯河應聲，之後，便低下頭開始沉思。兩人已橫越新橋，走在歲末的銀座通上。

「您前任夫人真是可憐呀！過世的前半年，不僅罹患兩次要命的重病，還接連遇上讓她嚇破膽的意外——對了，那個窒息事件是什麼時候發生的？」

他如此問道，但湯河並沒有回答。於是，紳士自顧自地點點頭，繼續說。

「應該是夫人得了肺炎，再過兩、三天就要痊癒時吧！病房的瓦斯暖爐出了問題，那時天氣很冷，大約是二月底。瓦斯的栓子鬆了，害夫人半夜差點窒息。還好最後沒有發生憾事，但也正因如此，又晚了兩、三天才康復。沒錯！沒錯！後來還發生以下這樣的事對吧？夫人搭公車從新橋到須田町去，途中，公車和電車相撞，差一點就……」

「慢著，慢著！雖然我剛才說對你敏銳的偵探能力很敬佩，但是，你到底有何必要，並且，又是用什麼方法查到這些事的？」

「其實也沒有什麼必要啦，只不過我的偵探癖特強，忍不住會連沒啥必要的事也一起查了來嚇唬人。我自己也覺得這習慣不好，但就是改不掉呀。好了，我很快就要進入正題了，再忍耐聽我說一下吧。——對，那時，汽車的窗戶破了，玻璃碎片割傷了夫人的額頭，對吧？」

「是。但筆子是個沉穩的女人，沒受到什麼驚嚇。而且，話說受傷了，也只不過是輕微的擦傷而已。」

「可是，我認為那個撞車事件，你多少也有點責任。」

「怎麼說？」

「夫人會去搭公車，是因為你叫她不要搭電車，她才去的，對吧？」

「我可能……有說過吧。那些芝麻蒜皮的小事，我已經記不大清楚了，嗯……或許有吧！對，對，我有說過。但是，事情是這樣的。筆子連續得兩次流感，之後，報上說人滿為患的電車最容易被傳染感冒。所以我就想啦，和電車比起來，公車的感染率比較低。所以我才堅決叫她別搭電車。哪裡想得到她運氣這麼不好，搭的那班公車竟然會和電車相撞。我應該沒有責任才對。而且，筆子根本不會那麼想，她還很感謝我的忠告呢！」

「當然，筆子夫人對你的好意總是心懷感恩，甚至死前都還感謝著你。不過，我就是認為那次的車禍你有責任。你說，你是為了她的病才這樣建議的，對吧？一定是這樣沒錯。即便如此，我還是認為責任在你。」

「此話怎講？」

「若還是不懂，我就說明一下好了。你剛才說沒料到會發生車禍。但是，夫人並非只有那天、搭那麼一次公車而已。那時，她才大病初癒，還必須持續回診，也就是說，每隔一天就得從芝口的家通車到萬世橋的醫院去。而且一開始就知道必須連續去一個月左右。她每次去都是搭公車，而車禍就是那段期間發生的。你聽好了哦！另一點必須注意的是，那時，公車才剛開始運行，衝撞事故時常發生。稍微有點敏感度的人都會擔心會不會撞車呀什麼的——先聲明一下我的看法：閣下呢，就是屬於敏感的人——如此的你，竟然會讓自己最愛的妻子搭公車。至少，這不像是你會有的疏失：每隔一天來回都搭公車，一個月就等於暴露在危險中三十次。」

「啊哈哈哈，連這個都注意到了，可見你的敏感度也不比我遜色呢！是的，被你這麼一說，那時的事我也慢慢想起來了。其實，我那時並非完全沒注意到這點，但是，我是這麼想的：搭公車遇上撞車和搭電車被傳染感冒，何者的或然率比較高呢？假如兩者是一樣的，那麼，哪一邊比較危險？想到這個問題，我的結論是搭公車比較安全。為什麼？就像你剛才講的，一個月來回搭三十趟，若是搭電車，每一輛電車必然都有感冒的病菌。那時正好是流感的高峰期，因此我的判斷是很正確的。假如那裡有病菌，那麼，被傳染可就不是**偶然**了。相反地，車禍完全是**偶然**降臨的災難。當然，任何汽車都有可能發生車禍，但是，這和一開始就知道禍因必然存在是兩碼子事。而且，有人跟我說：筆子已經連續罹患兩次流感了，代表她的體質比一般人更容易受傳染。假如搭電車，在眾多的乘客中，她將是最可能被傳染的那人。但若搭公車的話，乘客的危險性則是均等的。不僅如此，有關危險的程度，我是這麼想的：要是她第三次得到流感，肯定會併發肺炎。這樣一來恐怕就沒有救了。我聽說曾罹患肺炎的人容易再度感染。更何況，那時她還很虛弱，尚未痊癒，可見我的考慮並非杞人憂天。相反地，即便發生車禍，也不見得會要命。只要不是太倒楣，受傷並不會很嚴重。基本上也很少發生受傷致命的例子啊。所以，我的考量應該還是沒錯。你看，筆子來回搭了三十次公車，僅僅發生過一次車禍，而且也只是輕微擦傷而已，不是嗎？」

「嗯，光聽這些，你說的確實言之成理，甚至聽來無懈可擊。但是，你剛剛沒說的部分，有一點我們可不能視而不見。是有關電車和汽車危險性的或然率問題。你的意見似乎是：汽車不像電車那麼危險，而就算有危險，程度也比較輕，還有，就是乘客們的危險是平均分攤的，對吧？我卻不這麼認為。對尊夫人來說，不管搭汽車或電車，她都注定是那個會暴露在危險底下的人；她的危險絕非什麼和其他人均等。換言之，一旦汽車發生碰撞，她會比誰都先受傷，而且，是受重傷哦。這一點你是無法蒙混過去的。」

「為什麼會這樣？我無法理解。」

「是嗎？你不懂嗎？這就奇怪了。那時，你對筆子夫人說了這樣的話吧：搭公車時一定要坐在最前面的位置，因為那裡最安全。」

「是的。所謂安全的意思是這樣的——」

「不，等一下！你講的安全是這個意思吧：公車裡也或多或少有感冒病菌，所以要盡量坐在迎風面比較好；畢竟，公車裡的乘客就算沒有電車多，但是被傳染感冒的危險也不是零。你剛才好像忘記這個事實了。然後，你加上這個理由，說坐在公車前半部震動較不那麼大；夫人才大病初癒，疲憊未消，震動小一點對身體比較沒有負擔。你就是用這兩個理由，建議她往前面坐的。說建議其實不對，應該說是嚴格要求。夫人那麼老實，或許是覺得自己不該辜負你的好意吧，便都聽你的意思去做。於是，一切都按照你所說的，順利進行著。」

「…………」

「是吧！一開始，你並沒有把搭公車罹患感冒的危險考慮進去。雖然沒有，卻以此做為理由，要求她往前面坐。於是，這裡便產生了一個矛盾。另外一個矛盾是，最初計算進去的車禍危險，那時卻完全束之高閣。搭公車坐最前面——若考慮撞車的危險，應該沒什麼比這個更危險了吧？坐在那裡的人，注定會是危險的受害者。所以，你看！那時受傷的不是只有尊夫人一位嗎？那麼小的事故，其他的乘客都安然無恙，你太太卻受到擦傷。要是車禍嚴重一點，其他乘客擦傷，夫人就會受重傷。假如是更嚴重的車禍，其他人受重傷，那夫人可就沒命了。車禍這種事，不用多說，當然是**偶然**沒錯。但是，這個偶然發生了，因而受傷了，那麼，對你太太來說，這就不是**偶然**，而是一種**必然**了。」

兩人過了京橋。紳士和湯河似乎都已忘了身在何處；一個熱切地說著，一個沉默地聽著。就這樣，繼續直直地前行。

「所以，你先把你太太置於某個**偶然的危險**之中，後來甚至把她帶進偶然範圍內的、**必然的危險**之中。這和**單純的**偶然的危險意思不同。因此，這樣就不知道公車是否真的比電車安全了。首先，那時你太太才剛從第二次感冒中好轉，對那個疾病已經有免疫力了。讓我來說的話，那時你太太其實毫無被傳染的危險。這是絕對妥當的判斷。就算是機率問題，她也是處於安全的那邊。所謂『得過肺炎的人容易再度罹患』的說法，必須是間隔一段時間之後的事。」

「我也不是不懂免疫的概念啦，不過，她十月得了一次，一月又得了不是嗎？所以免疫力這種事我覺得也不大靠得住……」

「十月到一月之間有兩個月。那時她好像尚未痊癒，還在咳嗽吧！與其說被傳染，她更容易傳染給別人。」

「還有呢，剛才我們談到車禍的危險這個問題。車禍的發生本身是偶然，因此，從該範圍內的**必然**來看，更是極其稀有不是嗎？**偶然中的必然**和**單純的必然**，意義畢竟還是不同的。更何況，那個必然指的只是**必然會受傷**，不是**必然會死亡**呀！」

「但我們也可以說：**假如偶然發生了嚴重的衝撞，就必然會導致性命喪失的結果，**對吧！」

「嗯，是可以這麼說。不過，玩這種理論遊戲，似乎沒有什麼意義吧！」

「啊哈哈哈，理論遊戲是嗎？我很喜歡這種東西，所以，一不小心就得意忘形、玩過頭了。唉呀，真不好意思，我馬上就進入正題哦。不過，在進入正題之前，還是為這個理論遊戲做個結論吧！你雖然這樣取笑我，但我感覺你也相當喜歡理論，而且，搞不好這方面你還是我的前輩呢！我並不認為你會一點興趣都沒有。這麼說吧，假如我們把剛才對偶然和必然的研究，和一個人的心理狀態連結，就會產生一個新的問題，這樣，理論就不再只是單純的理論了。不知你是否有注意到這一點？」

「這個嘛……怎麼聽起來越來越艱澀了。」

「哪有什麼艱澀的。所謂人的心理，指的是犯罪心理。也就是某人想以某種間接方式，而且，是在不被任何人發現的狀態下把某人殺掉。說殺掉不妥當的話，也可以用『致死』這個字眼。要達成這個目的，就必須儘量讓對方暴露在危險之中。此時，為了不讓對方察覺自己的意圖，必須在無意間把對方引入險境，那麼，就只能選擇偶然的危險。但是，假如那個偶然之中包含了某種不易察覺的必然，就更是刻意的行為了。嗯，很巧，這和你刻意讓夫人搭公車**在形式上**有些一致，不是嗎？我說的只是『**在形式上**』，所以請不要生氣哦！當然，我並不是說你有這種意圖，僅僅是認為你或許能夠理解人的這種心理吧？」

「你還真會在專業領域上想些有的沒的呢！形式上是否一致，除了讓你自行判斷，我又能如何。我質疑的是，有人會認為讓對方一個月來回搭三十次公車，就能奪取他的性命嗎？假如有，那這種人不是笨蛋就是瘋子。不可能有人會期待那麼不可靠的**偶然**吧。」

「沒錯，我們可以說若只讓對方搭三十次公車，那個**偶然**能命中的機率確實很低。但若從各方面、把各種危險全都找出來，那麼，當事者**偶然**的危險機率就迅速倍增了。換言之，命中率將以倍數的方式增加。這是讓對方陷入由無數個**偶然**的危險所集結成的焦點之中。如此，他所蒙受的危險便不僅止於偶然，而是必然了唷！」

「按照你的意思，會怎樣做呢？」

「舉例來說吧，這裡，有一個男人想要殺妻，嗯……想要致妻子於死地。妻子的心臟先天上就有問題。心臟有問題這個事實本身就隱含了偶然的危險因子。為了增加那個危險，必須提供條件，讓她的心臟狀況越來越糟。例如，為了讓妻子養成飲酒習慣，開始鼓吹她喝酒。起初建議每天睡前喝一杯葡萄酒，後來，每天餐後都讓她來上一杯，漸漸地，她就熟悉酒精的美妙了。問題是她原非嗜酒的女人，實在無法變成丈夫期望的那種酒鬼。丈夫想到的第二個方法是抽菸。他說：『就算是女人，也可以培養那種嗜好，不然人生多無趣呀！』於是便買了香氣迷人的舶來菸草給她。這個計畫非常成功，才一個月左右，她就養成了抽菸的習慣，而且想戒也戒不掉了。接著，丈夫又打聽到冷水浴對心臟弱的人有害，便故意叫她洗冷水澡。他佯裝好心地對妻子說：『妳的體質容易感冒，所以不可偷懶，每天早上洗冷水澡對妳有益。』打從心底信任丈夫的妻子立刻照辦，殊不知自己的心臟已變得每況愈下。但只是這樣，詭計還是沒有充分得逞。心臟惡化之後，還要做出更直接的打擊才行，也就是找盡機會，讓她陷於容易生病、發高燒的狀態，例如，得傷寒或肺炎之類的。男人最初選擇的是傷寒。為了達到這個目的，他頻繁地讓妻子吃含有傷寒桿菌的食物。假稱：『美國人用餐時都會喝生水，他們讚賞生水是最棒的飲品。』讓妻子喝生水，吃生魚片。然後，又得知生蠔和洋菜凍的傷寒桿菌很多，也讓妻子吃這些東西。當然，為了鼓吹妻子吃，自己也必須跟著吃。但因為自己以前得過傷寒，早就已經免疫了。可惜，丈夫的計畫並沒有得到預期的效果，但其實也已成功了七分；妻子雖然沒有得到傷寒，至少得了副傷寒，而且一整個禮拜都為高燒所苦。然而，副傷寒的致死率只有一成左右。不知是幸還是不幸，心臟衰弱的她後來還是活下來了。做先生的仗著這七分成功趁勝追擊，毫不鬆懈地繼續鼓吹她吃生食。夏天到了，她開始經常拉肚子。每當此時，做丈夫的都在一旁密切關注，可惜，妻子還是沒有如他所願地罹患傷寒。不久，他求之不得的機會終於來了。前年秋天到隔年冬天，惡性流感肆虐，他千方百計想讓她罹病。果真，才不過十月她就中獎了。至於為何會得呢？因為這個做先生的時常叫她漱口預防感冒，卻故意拿濃度過高的雙氧水給她，害她傷了喉嚨，甚至引發了咽喉炎。不僅如此，那時，剛好丈夫家那邊的伯母也感冒了，他三番兩次地叫妻子去探病。第五次探病回來，妻子就立刻發燒了。不過，那時也幸運地獲救。到了正月，又罹患了更嚴重的流感，這一次，終於併發了肺炎。……」

偵探這麼說著，突然，做了一個令人不解的動作——咚、咚，像是在彈手上的菸灰那樣，他在湯河的手腕附近輕輕點了兩、三下。好比是用無聲的沉默提醒著他什麼。後來二人已來到了日本橋前。偵探在村井銀行前右轉，往中央郵局方向走去。當然，湯河也只好繼續跟著走。

「第二次的感冒，先生也下了不少工夫。」

偵探接著說。

「那時，妻子娘家有小孩重感冒，住進了神田的S醫院。明明沒人來拜託，先生卻主動叫妻子去照顧病人。他是這麼說的：『這次的感冒很容易傳染，不能隨便找人照顧。我太太前陣子感冒才好，已經有免疫力了，所以她是最適合貼身照顧的人。』——妻子也覺得有理，於是，就接下了照顧孩子的工作。沒想到這次自己又被傳染，而且併發了相當嚴重的肺炎，還數度病危。這一回，丈夫的計策幾乎十二分奏效了。他在妻子枕畔喃喃細語，歉疚地表示因為自己的疏忽，害得愛妻重病。然而，妻子不但不怪他，反而自始至終都感謝丈夫的愛。眼看她就要死去了，九死一生之際，竟又平安存活。對丈夫來說，這真是功虧一簣啊！於是，他又展開別的計畫。光是生病不夠，還得讓她遇上其他的災難才行——他這麼想著。首先利用的是妻子病房內的瓦斯暖爐。那時，妻子的病已經好得差不多了，不再需要請護士照顧，但是還必須和丈夫分房睡一個禮拜左右。偶然間，丈夫發現以下幾件事——妻子睡前會因用火的安全考量而關掉瓦斯暖爐。瓦斯暖爐的開關位於病房到走廊的門檻邊。妻子習慣半夜起床如廁一次，此時，必然會經過那個門檻。她的睡衣下襬很長，通過門檻時，五次總有個三次會碰到開關。若瓦斯開關沒關緊，下襬碰上時必會使其鬆脫。那病房是和室，門窗格扇都做得紮實而牢固，幾乎沒有通風的縫隙。──於是，危險因子就這樣**偶然地**預備好了。丈夫注意到，只要稍微加工，就能把這個**偶然**變成**必然**；那就是事先把瓦斯的開關弄鬆。某日，他趁妻子午睡時，悄悄滴了一些油在開關上，讓它變得滑溜。這原是在暗中進行的，不料卻被人看見了。看見的是當時家裡的女傭；這女傭是結婚時妻子從娘家一起帶過來的陪嫁丫頭，不僅對妻子非常忠心，也很聰明伶俐。不過這倒是無關緊要啦！──」

偵探和湯河一起從中央郵局的前面渡過了兜橋，然後，又過了鎧橋，不知不覺間，已經走到水天宮前的路面電車道了。

「呃……丈夫這次也成功了七成，卻在後面三成失敗了。妻子因為瓦斯中毒差點窒息，還好及時醒過來，撿回一命。三更半夜弄得全家驚慌失措。至於為何瓦斯外洩？很快地，答案就分曉了；結論就是妻子自己的疏失。接下來，丈夫選的是公車。誠如剛才說過，他抓住妻子看醫生的機會；總之，就是不放過任何一個可以利用的機會。因此，當公車事故又以失敗告終時，他又逮著了新的契機。而給他這個機會的是醫生。醫生建議病人癒後最好換地方療養，譬如，找個空氣清新的地方待上一個月左右。因為醫生是這樣勸告的，於是，丈夫就對妻子說：『妳老是在生病，與其離開一、兩個月，不如舉家遷去空氣好的地方吧！但話雖如此，也沒辦法搬太遠，我們去大森的海邊住，妳覺得怎麼樣？那裡離海近，我通勤也方便。』做妻子的當下就贊成這個提議。不曉得您是否有所耳聞，據說大森是一個飲用水品質特別糟糕的地方，而且或許正因如此，傳染病從沒斷過——特別是傷寒。換言之，當他發現意外事故沒有得逞，隨即就又想從疾病下手。搬去大森之後，更甚以往地叫妻子喝生水、吃生食。也一如往常極力鼓吹她洗冷水澡，抽香菸。自己還在庭院裡大量種樹，挖水池蓄水。並以廁所位置不佳為由，把它改成西曬方向；這是為了讓家裡多多孳生蚊蠅的手段。嗯，還不只如此呢，舉凡自己哪個朋友得了傷寒，他就會說我已經得過了，有免疫力，頻繁地去探病，有時還帶妻子一同前往。他本來準備好了耐性，要慢慢等待結果發生，沒想到竟出奇地順利，才搬去不到一個月就奏效了。就在他前往探視某個罹患傷寒的朋友回家不久，不知是否還下了什麼陰險的手段啦，總之，妻子很快就得了傷寒，而且，就這樣死掉了。怎麼樣？這和你的情況**在形式上**是不是完全吻合呀？」

「呃……只、只有在形式上——」

「哈哈哈哈，沒錯，目前為止只**在形式上**一致。你愛你的前任妻子，不過只是**在形式上**愛她。但從兩、三年前開始，你就背著她，愛上現任妻子了，而且是比**形式上**還要愛。所以，目前為止的事實，再加上現在這個事實，這個例子就不僅**在形式上**和你的情況吻合嘍！」

在水天宮的電車道右轉後，兩人走在狹長的小路上。小路左側有一間看似辦公室的房子，外面掛著大大的招牌，上面寫著「私家偵探」。嵌著玻璃門的二樓和一樓都燈火通明。來到門前，偵探大笑出聲：

「哈哈哈哈……不能再這樣囉！別再隱瞞了。從剛才開始，你就一直在發抖呢！今晚，你的前任岳父正在我家等你唷！唉呀，沒必要那麼害怕吧！來，進來一下。」

突然間，他抓住湯河的手腕，用自己的肩膀頂開了門，把他拽進明亮的屋子裡。燈光下，湯河一臉慘白。他踉蹌地走了幾步，然後，一屁股跌坐在椅子上。

我 3

這件事已經好幾年了。那時我還在讀一高，住在宿舍裡。事情發生在某天晚上。那個時期，室友們習慣聚集在寢室裡挑燈夜讀，我們稱之為蠟勉，也就是點蠟燭勉力勤學的意思（其實是在聊天打屁）。當晚已經熄燈很久了，還有三、四個人蹲在燭影下閒扯淡。

那時，不知為何話題會落到那上面。記得一開始大家是在吹噓那陣子最常見的戀愛話題，接著，就很自然地轉到人類的犯罪問題。然後殺人啦、詐欺啦、竊盜等用語，便陸續從各自的嘴巴裡跑出來。

「各種罪行當中，最容易犯的就是殺人罪嘍！」

說這話的是某博士的兒子樋口。

「無論如何我都不可能做的就是偷東西。總之我就是沒辦法啦！我可以和其他人做朋友，但要是小偷嘛，一整個感覺就是不同世界的人。」

說著，樋口那張天生有氣質的臉蒙上了一層烏雲，擠成了不悅的八字眉。然而，那表情反而讓他看起來更加高尚。

「聽說最近宿舍竊案頻傳，是真的嗎？」
接話的是平田，他看了另一人、也就是中村一眼，說道：
「喂，你說是嗎？」
「嗯，好像是真的。而且據說小偷不是外人，肯定是住宿生無誤。」
「為什麼？」
我問。
「問我為什麼，詳細情況我也不瞭——」
中村降低音量，似有忌憚地說：「聽說是因為犯案太頻繁了，不可能是宿舍以外的人幹的。」
「不，不僅那樣。」
樋口說。
「因為有人親眼看到是住宿生。聽說前陣子有一天，大白天的，住在北寮七號房的恰巧有事回寢室一趟，正要進門時，門突然從裡面被打開，有人朝他一拳揮過來，立刻啪嗒啪嗒從走廊逃跑了。被打的人雖然立刻追了上去，但才一下樓梯就跟丟了。之後回寢室一看，行李、書櫃啦都散亂一地，可見那傢伙是小偷。」

「那他有看到小偷的臉嗎？」

「沒有。突然被一拳打飛，所以沒看到是誰，不過，從服裝什麼的來看，應該是住宿生沒錯。據說對方有用外套把頭套住再衝出去。外套上有下藤①圖案的家徽。」

「下藤圖案的家徽？只有這個線索也沒啥用吧！」

說這句話的是平田。不知是錯覺與否，我發現他偷瞄了我一眼，而我似乎也不禁擺了個臭臉，因為我的家徽就是下藤，而且，當晚我雖然沒穿那件有家徽的外套，但平時經常穿著到處走來走去。

對那一瞬間的不愉快，我自己也有點不好意思。為了消弭尷尬，我故作輕鬆狀地說：

「並非住宿生就容易逮住。想到自己的同學裡竟有這種人，就覺得不爽耶。我們都太大意了。」

樋口接著說：「但是，應該兩、三天內就會抓到了！」還在語尾加強了力道。他的聲音沙啞，眼裡精光閃爍。

「——有件事還沒什麼人知道啦……聽說最常發生竊案的地方是浴場的更衣室，所以兩、三天前，委員就私下部署了人，躲在天花板上，從小洞裡監視。」

「真的？你聽誰說的？」發問的是中村。

「其中一個委員。喂，不要說出去喲！」

「但是，既然連都你知道了，或許小偷也早就注意到了吧！」

平田面露不悅地說。

在此我先說明一下：平田這個人，以前和我的關係還可以，近來卻因為某事傷了感情，彼此互看不順眼。雖說是**互看**，其實我並沒有對他不好，是他單方面極度

①譯註：日本人的家徽之一，藤花圖案，分為朝上與朝下者，下藤的花樣朝下。

地厭惡我。我聽另一個朋友轉述，平田曾在背地裡兇狠地批評我：「鈴木根本沒有你們想像的那麼好。有件事讓我看透那傢伙的真面目了。」還有：「他真是讓我倒盡胃口。我是看他可憐才沒有不理他，根本不是真心的。」只不過，他都是暗箭傷人，未曾在我面前說出來。然而，他的態度已表現得很明顯；他不僅非常討厭我，甚至還瞧不起我。當對方表現出這種態度時，我的個性是不會主動要求說明的。「假如我有不對的地方，應該要給我忠告。既然連忠告的意願都沒有，或認為我不值得人家忠告，那我也就不再把他當朋友看。」這麼想雖然會有點寂寞，卻也不致太過心煩。平田身強體健，有「向陵健兒」②的模範之稱，是標準的陽剛型男孩。而我卻瘦弱、蒼白、神經質。況且，彼此的性格在根本上就有難以融合之處，是兩個完全不同世界的人，所以我也就放棄了。柔道三段的平田老愛自誇孔武有力，動輒就擺出那氣勢，像在說：「再拖拖拉拉的，我就要扁你」。我若順服相對，會不會顯得太懦弱了？老實說，我心裡確實滿怕他的啦——所幸我向來不愛逞強，對名譽的態度也很淡薄，因此，早就暗自決定：「就算對方輕視我也沒關係，只要我有自信就行了，我一點也不怨恨他。」對於平田的傲慢，我總是以冷靜、寬大的態度應對。有時我會跟旁人說：「平田不了解我也沒辦法，不過，他的優點我還是認可的。」我心裡確確實實也是這麼想的。我不認為自己怯懦，還打從心底讚美平田。因此，對自己有如此高潔的人格，我甚至感到有點自戀。

平田說：「下藤圖案的家徽？」

他偷瞄我的那一眼，顯得極度輕蔑。不知為何，當晚特別地刺激了我。那眼神到底是什麼意思？因為他知道我的家徽是下藤，才故意使出那種眼色嗎？或者，那只是出於我自己的偏執？但假如此刻他真有一點點懷疑我，我又該如何應對？

我應該說：「那我也有嫌疑嘍！我的家徽也是下藤。」然後一笑置之嗎？假如我說了，而這裡的三個人也和我一起坦然一笑便罷，萬一其中的一個，例如平田，不但不笑，反而臉色越來越難看，那又該怎麼辦？我想像那個情景，便不敢隨便開

② 譯註：向陵是日本舊制第一高等學校的別名，因位於東京都文京區的「向丘」而得名。健兒指身強體健的年輕人。

口。

為此事傷神或許有些愚蠢，但那一瞬間，我的腦子裡確實閃過千般思緒。「以我當前的處境來看，真正的犯人和清白無罪的人，各自的心理作用究竟有何不同？」想到這裡，此刻的我似乎和真正的犯人一樣，正咀嚼著相同的煩悶與孤獨。直到剛才為止，我和這三人都還是朋友，是天下人所欽羨的「一高」菁英。如今，至少在心情上，我卻已不再是這三人的同伴了。或許這只是**雞毛蒜皮**的小事吧，但我已產生無法對他們傾訴的苦悶了。原本與平田地位平等的我，卻開始介意他的一個表情，一個眼神。

「但要是**小偷**嘛，一整個感覺就是不同世界的人。」

樋口這句話說起來不經意，卻重重撞擊了我的心。「和**小偷**是不同世界的人。」——**小偷**！唉，怎麼會有這麼討厭的名稱啊！想來**小偷**之所以異於常人，並不是因為犯罪事件的本身，而是那想盡辦法隱藏罪行，甚至想忘卻此事的心理建設。因為那不可告人的、無止無盡的憂慮，會不知不覺地把他推入黑暗之中。話說此刻的我，確實有些黑暗的感覺了。我努力不去想自己已被視為嫌疑犯了。而且，正因如此，即使是再要好的朋友，都無法傾訴內心的憂悶。樋口應該相信我，才會說出從委員聽來的浴池事件吧！所以當他說：「你們可不要說出去哦」的時候，我心裡毋寧是喜悅的。話雖如此，在感到喜悅的同時，內心多了一層抑鬱也是事實。「有什麼好高興的？樋口從來就沒有懷疑過我不是嗎？」有這種想法，讓我不禁對樋口感到歉疚。

然後我又很自然地想到：假使好人多多少少也可能犯罪的話，那麼，產生「如果我是犯人」這想像的，或許並非我一個人而已；這裡的另外三個，可能或多或少也感受著我所體驗的不快與喜悅。委員特別告知祕密的是樋口，那麼，心裡最得意的想必是他。在我們四個裡面，他最得委員的信任。因此，他是距離小偷最遠的人。假如他贏得信任是歸功於高尚的長相、富裕的家庭，以及身為博士的公子這些事，那我實在無法不羨慕他的際遇。正如他優越的環境為他的氣質加分，相對地，物質條件的劣勢作踐了我的秉性——我是S縣的佃農之子，是個靠著舊藩主的獎學金，勉強入學的窮書生。所以，不管我是小偷也好不是小偷也罷，只要到他面前，就會感到自卑。我和他果真是不同世界的人。他越是虛心坦懷地信任我，我就越覺得與他相隔遙遠。表面上是毫無隔閡地談天說笑，但我越想親近他，就越意識到彼此咫尺天涯。這種心情真無奈……。

從那天晚上起，「下藤圖案的家徽」就變成我心情沉重的原因。我煩惱著要不要再穿那件外套。假如我若無其事地穿著走，眾人也平心以待那就算了，要是有人流露出「啊，那傢伙穿著**它**」的眼神，或是有人懷疑我，或有人因懷疑我而感到抱歉，或覺得我被懷疑很可憐，那麼，不僅對平田或樋口如此，當我面對所有同學時，都會感到不快與自卑。然後討厭起那件外套，把它藏起來不穿。但這下子，又會因為藏起來而變得更不自在。我所恐懼的，並非犯罪嫌疑的本身，而是湧上眾人心頭那種汙穢的情緒。我比誰都先懷疑自己，進而引起別人的懷疑，讓那些過去不曾有過隔閡的友人開始心存**芥蒂**。即便我真是**小偷**，這弊害和那些不快的感覺比起來，根本算不了什麼。應該沒有人會想把我當作**小偷**吧？至少，在確認**小偷**就是我之前，他們做夢也不會相信這個事實，而會願意一直與我和睦相處吧？倘若連這點小事都做不到，那我們的友情從一開始就不成立了。所以，假如**偷朋友的東西和傷害彼此的友誼比起來，後者的罪孽更重**，那麼，不管我是不是**小偷**，都不應該種下會被朋友懷疑的種子。這比當**小偷**更過意不去。假如我能巧妙地當**小偷**——不，這麼說不對——而是那種稍微有點同理心、有點良心的**小偷**，就該儘可能地不傷害彼此的友誼，而應打從心底坦承以對，用「明月可昭」的誠意與溫情與他們相處，並且不著痕跡地行竊才對。大概這就是所謂的「理不直，氣很壯」吧！不過，若站在**小偷**的立場上來想，其實這是最誠實無偽的態度了。我想，他應該會說：「偷東西是真的，但友情也是真的。」可能還會說：「兩者都真實不虛，這就是**小偷**的特色，也正是他異於常人之處。」總之，當我開始這樣想，腦子就一步步往**小偷**那邊靠攏，也越來越無法不意識到自己和朋友的隔閡了。不知不覺間，我覺得自己已經變成一個貨真價實的賊了。

某日，我一不做二不休地穿了下藤家徽的外套，走在操場上時，我問中村：

「對了，聽說小偷好像還沒抓到吧？」

「嗯。」

中村回應，突然低下頭來。

「怎麼回事？在浴場埋伏也沒用嗎？」

「據說浴場那裡只發生過一次，現在卻到處都被偷耶。好像是因為浴場的策略走漏風聲的緣故。之前，樋口還被委員叫去痛罵了一頓。」

我突然變了臉色。

「什麼？樋口被罵？」

「是啊！樋口他、樋口他……鈴木君，請你原諒我。」

中村痛苦地嘆了口氣，眼淚嘩啦嘩啦掉下來。

「──我一直沒告訴你，但如果繼續沉默下去，覺得很對不起你。你聽了一定會不舒服……其實，委員們都懷疑是你幹的。要我說這種事，我也覺得很難受。不過，我個人絕對沒有懷疑你哦，到現在都相信你是清白的。但就是因為信任你，保持沉默才讓我痛苦得要命。請你不要生我的氣。」

「謝謝。你老實告訴我，我很感激。」

我說，眼裡也噙著淚水。與此同時，也忍不住想：「好呀，終於來了。」雖然事實是很可怕的，但我心裡早已預料到會有這麼一天了。

「那就不要再談這個話題了吧！向你坦白後，我心裡就舒坦了。」

中村像在安慰我似地說。

「不過，這件事並非我們嘴上不說就沒事的。你的好意我懂，但很明顯地，我不僅自己丟臉，做為我的朋友，也害你一起受辱了。光就被人懷疑這一點來講，我就已經失去繼續和你們來往的資格了。畢竟我無法抹去這種不名譽的事。你說，不是嗎？難道就算這樣，你還是不會不理我嗎？」

「我發誓絕不會不理你。而且，我也一點都不覺得你害我受辱。」

中村看著神情激動、一反常態的我，戰戰兢兢地回答：

「還有，樋口也是一樣，他說他在委員面前極力為你辯護。甚至還講：『如果要懷疑好友的人格，那我也得懷疑自己才行。』」

「但即使如此，委員們還是照樣懷疑我，對嗎？不用顧忌，把你所知道的毫無保留地告訴我，那樣才會**更舒坦**。」

聽了我的話，中村顯得面有難色，但還是說了。

「聽說有很多人寫信去向委員投訴，有的是直接去告密。而且，自從那天晚上樋口多嘴，說了浴場的事之後，那裡就沒再發生竊案了。他們判斷那就是嫌疑的根源。」

「又不是只有我聽到浴場的事。」——我雖然沒說出口，但這句話立刻就浮上心頭，而且讓我覺得自己更寂寞、更可悲。

「奇怪了，樋口說的話，委員們又是怎麼知道的呢？那天晚上在場的只有我們四個，照理說不可能有其他人知道才對。假如樋口和你都信任我的話，那麼——」

「唉呀，其他的事你也只能用猜的。」中村說，眼神如泣如訴。「我知道**那個人**是誰。他誤解你了。但我不想說出他的名字。」

是平田。一想到這裡，我打了個冷顫，感覺平田好像正執拗地瞪著我看。

「你有和他提到什麼關於我的事嗎？」

「說是說了……但是，你要了解：我是你的朋友，也是那個人的朋友，夾在你們中間，我很痛苦耶。老實說，我和樋口昨晚跟那個人起了衝突，所以他說今天就要搬出宿舍了。我想到為了一個朋友，就必須失去另一個朋友。事情變成這樣，實在很遺憾。」

「啊，原來你和樋口竟然這麼為我著想。抱歉抱歉。」

我牽起中村的手，用力握住，眼淚不住地掉下來，中村當然也哭了。出生至今，這是我第一次真切地體驗到人情的溫暖。這陣子我深受寂寞所苦，一直求之不得的原來就是這個。哪怕我是再惡劣的小偷，也絕對不會偷這個人的東西。

「老實告訴你──」

過了一會兒，我又開口，說：「我這個人並不值得你們這麼挺我。我不能眼睜睜看著你們為了我這種人，失去一個那麼棒的朋友。**那男的**或許懷疑我，但我至今還是很尊敬他。他比我了不起多了。我比誰都認同他的價值。與其他搬出宿舍，應該是我搬出去才對。拜託你讓我這麼做吧！請你們繼續和那男的好好相處。就算我孤單一人，也會覺得那樣心裡比較舒服。」

「不行！沒道理要你搬出去。」

心地善良的中村異常激動地說。

「我也很尊敬那男的的人格。但是，現在明明是你被欺負，我沒辦法和他狼狽為奸。如果要把你趕走，應該我們出去才對。你也知道那男的自尊心很強，不大可能退讓。他既然說要搬出去，就一定會搬。不如就隨便他吧！等到他發現自己錯了，會來道歉的。我們只要等就行了。而且應該不會太久。」

「可是他非常倔強，不可能主動來道歉。他一定會厭惡我一輩子。」

中村似乎把我的話理解為我對平田心懷怨恨，因為他接下來說：

「不會發生那種事啦！那男的向來堅持己見，這既是他的優點，也是他的缺點。不過，假如後來發現錯在自己，也會很乾脆地來道歉的。這就是他值得尊敬的地方。」

「要是那樣就好了——」

我一邊沉思，一邊說道：

「不過，我覺得就算他以後回過頭來找你，但恐怕永遠也不會和我和好了。嗯，他是一個很棒的人，我也希望他喜歡我。」

像是庇護一個哀怨的老友般，中村把手搭在我的肩上，一起踏上青草地。那是傍晚時分，操場四隅已布上淡淡的霧靄，看起來有如大海般無邊無際。此時對面剛好有兩、三個學生走過，還偷瞄了我一下。

「他們也已經知道了。大家都對我指指點點的。」

一想到這裡，無可言喻的寂寞便強烈衝擊了我的心。

當晚，照理說要搬出去的平田，不知是怎麼想的，看來並沒有要走的意思。和我當然別提了，他連和樋口、中村都沒說上一句話，一味沉默著。事已至此，理應我搬出去才對，但要違背兩位好友的心意，又讓我苦不堪言。況且，我要是現在閃人，會被認為是畏罪潛逃，如此必定更加啟人疑竇，於是也不能那麼做。我想，就算要走，也得等待一個好的時機。

「你不要太在意，犯人很快就會抓到了，到時候事情自然就會解決了。」

兩位好友始終這樣安慰著我。但之後又過了一星期，犯人不僅還沒捉到，也依舊竊案頻仍。最後，連我們的寢室也遭殃了；樋口和中村錢包裡的錢和兩、三本西洋書都被偷了。

「終於兩人都被偷啦，不過，我想另外兩個應該是不會被偷的……」

還記得那時平田表情詭異，賊賊地笑著，說了這樣機車的話。

每天晚上樋口和中村都會去圖書館念書，因此，自然只剩下我和平田在寢室裡面面相覷。我覺得這樣滿痛苦的，就決定自己也到圖書館去，或是外出散步好了，反正晚上就是盡量不要留在寢室。這是某天晚上發生的事。九點半左右我散步回來，打開自習室的門，發現平田並不如平時那樣在那裡讀書，而另外兩人似乎也還沒回來。我心想：「在寢室嗎？」便上二樓去看看，但那裡也沒半個人。再返回自習室，走到平田桌旁，靜靜打開他的抽屜，搜出兩、三天前從他老家寄來的掛號信。信封裡有三張十元的支票。我慢條斯理地從中抽出一枚，放入懷裡，再把抽屜復原，然後若無其事地到走廊去，再從走廊下到庭院，橫越了網球場，往雜草叢生的低地走去。那裡是我平日用來埋藏贓物的地方。此時，突然有人從後面衝出來，大叫一聲：

「小偷！」

就赤手空拳地把我打倒了。是平田。

「拿出來！你剛剛放進懷裡的東西，給我拿出來！」

「喂、喂，不要叫那麼大聲啦！」

我鎮定地笑著說。

「我確實偷了你的支票。叫我還我就還，叫我去哪兒我都會去。這樣一切都明白了，不是很好嗎？」

瞬間平田似乎遲疑了一下，隨即立刻回過神來，繼續賞我巴掌。挨打讓我又痛又爽，覺得這陣子心頭的重擔一下子落了地。

我說：「你一直打我也沒意義啊！我白白掉進你的陷阱裡了。因為你實在太霸道啦，我就在想：『怎樣？那個臭俗辣的東西，難道我會偷不到嗎？』結果就**中了你的計**了。現在既然都知道了，也好啦，以後就拿來當笑話講吧！」

我向平田示好，想握他的手，不料他卻粗魯地扣緊了我的胸部，把我拽回寢室去。這是唯一一次，我覺得平田真是個大爛咖。

「喂，你們看，我抓到**小偷**了。所以我沒必要為不明事理道歉了。」

平田傲然地進入寢室，當著兩位已回到寢室的友人面前，把我重重推倒在地。聞聲而來的住宿生，不一會兒全都聚集到寢室門口來。

「平田說的沒錯，我就是**小偷**。」

我從地板上爬起來，對他們二人說。我自認語氣親暱，就像平時一樣，但似乎還是青白了臉。

「你們很恨我吧？還是覺得我很不要臉？」

我繼續對著他們兩個說。

「——你們很善良沒錯，但再怎麼說，識人不明都是你們的錯。我這陣子不是說了很多次很多次實話嗎？『我並不像你們認為的那麼有價值，平田才是了不起的人物。他一點都不盲目，絕對沒有必要道歉。』我都說成這樣了，你們還是不懂。我也講過：『就算你們後來和平田和好如初，我也永遠不可能和他和解了。』我甚至還說：『平田的厲害之處，我比誰都清楚。』你們說是嗎？我連半句謊話都沒講，對吧！或許你們會說：『沒說謊是沒說謊，但為何不把實情講出來？』所以恐怕還是會認為我是騙子。不過，請你們站在我這個**小偷**的立場想想看。我很可悲，無論如何都忍不住不當**小偷**。但是，我討厭騙你們，**所以就算很迂迴，還是一直不厭其煩**地告訴你們了，不是嗎？在無法不當**小偷**的前提下，已經沒有比這個更誠實的做法了。沒有領悟這一點，是你們自己不好。我這麼說，感覺好像很愛詭辯，但我絲毫沒有那個意思。拜託，請認真聽我解釋。你們可能會問：『既然這麼想誠實做人，又為何要當**小偷**？』然而，我並沒有責任回答這個問題，因為，**我天生就是個**

賊嘛！我已經在這個事實所容許的範圍內，盡力真心與你們相處了。除此之外，再也沒有辦法了。但即便如此，我還是覺得很歉疚，所以不是說了嗎：『與其把平田趕走，應該把我趕出去才對』。那絕不是在唬弄你們，而是設身處地為你們著想。偷你們的東西是事實，對你們的真情也是事實。就算是小偷，這點體貼我也還是有的。希望你們能看在友誼的份上，相信我說的話。」

中村和樋口都驚訝得一句話也說不出來，只是一個勁地眨著眼。

「你們一定覺得我這個人很厚顏無恥吧？你們終究無法了解我的心情。唉，反正我們是不同世界的人嘛，這也莫可奈何。」

我這麼說道，用苦笑來掩飾心中的悲痛。最後又附加了幾句：

「即使到現在，我對你們還是有感情的，所以想給你們一點忠告。並不是以後就不會碰到這種事了，所以你們要小心。和小偷做朋友，是你們自己腦袋不清楚。出社會以後就能看出高下了。你們的學業成績或許比較優秀，但是做人要像平田；像他那樣才會成功。平田不會被人莊孝維，他是個狠角色！」

被我的手這樣一指，平田的臉突然扭曲，眼神飄向一旁。這是唯一一次，我看到這剛愎自用的男子難為情的樣子。

就這樣，好幾年過去了。後來，我曾多次被逼進黑暗的世界裡，現在也和那些以偷竊為業的人為伍。然而，至今我仍忘不了當時的事。特別難忘的是平田。現在每當我做壞事時就會想起他，感覺到他依舊威風凜凜地說：「怎麼樣？我看得很準吧？」總之，他確實很厲害，是個眼光犀利的傢伙。不過，這是個奇妙的世界。當時我曾說：「出社會以後就能看出高下了」，但這個預言卻完全失準。富少爺樋口的老爸有權有勢，因此，他很快就出人頭地了。出國留學，拿了學位回來，如今，已是鐵道院某某課的課長還是局長級的大人物。反之，平田後來卻杳無音訊。所以，人們會覺得「這世界真是莫名其妙」，並不是沒有道理的。

讀者諸君呀！以上就是我真實無偽的記錄。在此，我沒有寫任何一句謊言。我對你們也和對樋口、中村的感情一樣，希望你們能酌情理解：「即便是我這樣的小偷，這點細膩的心思，倒也還是有的。」

即便如此，恐怕你們還是不相信我吧？但假如——這麼說雖然很失禮——假如你們之中，就算只有一個也好，是和我同類的人，那麼，那個人肯定就會相信我了。

4

白晝鬼語

一直以來，我就很清楚自稱有遺傳性精神病的園村，是多麼善變、脫序又任性的人。而我，確實也以十足的心理準備和他往來。即便如此，那天早上當他打電話來時，我還是無法不感到震驚。園村一定是瘋了！一年之中，精神病發作最為狂烈的時期——那令人抑鬱的、六月時分綠葉上的蒸騰熱氣，一定使他的腦髓產生了變異。不然，他應該不會打那樣的電話才對。不，不是我想，是我深信如此。

電話打來的時候，大約是早上十點左右。

「喂，是高橋君嗎？」

一聽到我的聲音，園村就親暱地問道。光是這樣，我就知道他整個人呈現在異常亢奮的狀態。

「不好意思，你現在可以立刻來我這裡嗎？今天有非讓你看不可的東西。」

「多謝你特地來電，但我今天去不了，有雜誌社請我寫小說，今天下午兩點前必須完成。我從昨晚就熬夜到現在。」

我的回答並非謊言。事實上，昨晚到那時我都連夜趕稿，一分鐘也沒睡。就算園村是個有錢有閒的大少爺，但是，完全不考慮對方處境，突然來電說什麼有東西要給你看，立刻給我過來，也未免太白目、太任性了。我不禁有點生氣起來。

「是嗎？既然如此，現在不能來也沒關係，下午兩點寫完稿後立刻過來。我會等你到三點。」

我越聽越火大，說：

「不，今天就是不行。都說了昨晚熬夜累爆了，寫完我就要洗澡睡覺了。我是不知道你要給我看什麼啦，但明天再看也行不是嗎？」

「今天不看就看不到了。如果你不能來，我就只好自己去了。」

說到一半，園村突然壓低音量，像在喃喃自語。

「……偷偷告訴你哦，此事極機密，你可千萬不要跟別人說。今晚半夜一點左右，東京某地會發生某犯罪事件……就是說，有人要被殺啦！我現在就想開始準備和你一起去看。怎麼樣？要一起去嗎？」

「你說什麼？有人要被怎麼樣？」

我懷疑自己耳朵所聽到的，無法不再次確認有無聽錯。

「要被殺了……Murder，殺人事件啦！」

「你怎麼會知道的？到底是誰要殺誰？」

我忍不住提高了音量，也被自己嚇一跳，便趕緊看看四周，幸好家人都沒聽到。

「喂、喂，你講話這麼大聲幹麼？……到底是誰要殺誰，我也不清楚。詳細情形在電話裡不好說。我只是因為某個理由，嗅出今晚在某地有某人要殺掉某人而已。當然，那件事和我一點關係也沒有；我既無防範的責任，也沒有告發的義務。但假如可以的話，我想去當這樁犯罪事件的祕密見證人，偷偷觀察殺人事件的進行。你若願意一起去，我多少可以壯壯膽，而且，對你而言，這不也比寫小說有趣得多嗎？」

園村的語氣不疾不徐，帶著奇妙的平靜。

可是他越平靜，我就越懷疑他的精神狀態不正常。聽他說到一半，我突然感到劇烈的心跳，顫慄傳遍全身。

但我卻沒有勇氣反問他：「這麼荒誕的事，你還能說得一本正經，是不是瘋啦？」我的內心深處擔憂、害怕著他的瘋狂，感到自己甚為狼狽。

其實園村仗著家裡有錢有閒，一直以來都頹廢度日，但是，近來已厭倦了一般的逸樂生活，開始迷上電影欣賞、閱讀偵探小說，甚至鎮日耽溺在不可思議的幻想裡。他該不會越來越嚴重，已經發狂了吧？想到這裡，我的汗毛都豎起來了。除了我以外，他沒有可稱得上朋友的朋友，既沒父母，又無妻小，卻獨自坐擁數萬資產。這樣的他，要是真的發瘋了，除了我以外，恐怕也沒人能照顧他了。看來，為了不增加他的焦慮，我工作一結束就得立刻去看他才行。

「原來如此。既然這樣，我就和你一起去。一定要等我哦！我大概兩點可以寫完，三點之前就能到你家。但也有可能晚個三十分鐘、一小時的，你務必要等我到。」

我最擔心的就是他會自己一個人跑去。

「可以吧？我最晚四點一定會到，你不要出門，務必在家等我。行嗎？說好了哦！」

我再三重複並確認之後，才終於掛上電話。

老實說，直到下午兩點，我雖然都努力在書桌前構思未竟之作，但是腦子已被搞得七葷八素，注意力完全無法集中在這上面。不過，為了應付塞責，還是一直努力振筆疾書，最後只完成一個連我自己也不知所云的東西。

我要去探望瘋子。雖說，這是身為園村唯一好友的我的義務，但實際上，感覺並不是很舒服。首先，本人也沒健全到有資格去探望他。我不愧是他的好友，每年到這新綠的季節，必會罹患嚴重的神經衰弱。今年，到現在確實又有了幾分徵候。況且，去看了這瘋子，搞不好成了泥菩薩過江，遲早被他感染。又或者，即使園村確信今晚將要發生的殺人事件是事實——當然啦，絕不可能有那麼荒誕的事——我終究沒有與他一同前往的好奇和勇氣。要是目睹了殺人光景，那麼可能先發病的會是我。然而，基於朋友的道義，雖不情願還是必須去看看他病況如何。

作品完成時剛好三點過十分。若是平時，必然會因徹夜未眠而累得筋疲力盡，至少熟睡到傍晚。但此時，四點之約已然逼近，又因渾身亢奮，故一點兒也不睏。喝了一杯葡萄酒補充元氣，換上今年第一次穿的深藍色羅紗夏裝，就去白山上的車站，搭了前往三田的電車。園村家在芝公園的山裡面。

當我坐在搖晃的車上時，甚至興起了一個恐怖、不可思議的念頭：園村在電話裡講的，搞不好並非全都是謊言。至少，對園村來說，今晚在市內某處的殺人事件，可能是一件清楚可期的事。為了親眼見證那個預料的實現，必須約我一起前往犯罪現場——園村該不會是要把我——對，正是我本人，帶到某處去親手殺掉吧？說什麼：「要讓你看殺人的光景。」好把我引誘出去。然後讓我親眼目擊自己被他用雙手殺掉的樣子——我的想法乍看無端而滑稽，卻絕不能說是毫無根據的臆測。當然，我並不記得自己做過什麼事，非得遭受那殘酷的待遇不可。既未惹他怨恨，也沒有被他誤解。依常識判斷，他一點殺我的理由都沒有。不過話說回來，假使他真的瘋了，又有誰能說我的臆測是天外奇想呢？耽讀荒唐無稽的偵探和犯罪小說以致精神不正常的人，突然興起殺死好友的念頭，又有誰能說是不自然的？別說不自然了，這豈不是最有可能的事嗎？

再過一會兒我就要下車了。冷汗黏貼在我額頭上，心臟的血液似乎頓時停止流動。下一瞬間，另一個更駭人的念頭，如海嘯般向我胸中襲來。

「恐怕是因為我也瘋了，才會被這麼無聊的空想困擾吧？我剛剛才和園村講過電話，他的瘋狂竟立刻就轉移到我身上了？」

這個憂慮比之前的臆測更像事實，也更讓我恐懼。為了不去相信自己已經瘋狂，我死命地把這幻想從腦中剔除。

「為什麼我會擔心那麼愚不可及的事呢？園村剛才不是說了嗎？他和今晚即將發生的罪行一點關係也沒有。究竟是誰要下手，受害者又是誰，都一概不知。他只不過是基於某理由，察覺到會發生殺人事件而已。如此看來，絕對不會是他要殺我。一定是因為他瘋了，誤把某個幻想當作事實，因此想和我一起去看而已。明明這樣解釋才對，為何要做那麼荒謬的推論？唉，我實在是太愚蠢了。」

就這樣，我在心中自言自語，嘲笑著自己的神經質。

但即便如此，當我在成門站下了車，來到園村的住家前時，仍未下定決心要見他。我路過他家，卻沒有進去，並在增上寺的三門和大門之間，來回走了兩、三趟，猶豫良久。最後，終於才用豁出去了的決心，返回園村家。

打開裝潢華麗的西式書房大門時，他正在室內不安地來回踱步，一邊還焦急地盯著壁爐座上的時鐘。那時，剛好來到四點整。身材修長的園村很適合穿西服。他身著高雅的黑色上衣、素樸的直條紋長褲。白底抽綠絲線的領帶上別著紫翠玉的領帶夾。一副儼然已準備好外出的樣子。鍾愛寶石的他，修長的手指上戴著閃閃發光的珍珠和藍寶石戒指。在胸前晃動的金鎖片上，嵌著的是如昆蟲眼珠般的土耳其石。

「現在剛好四點，你來得正好！」

他回頭看見我，這麼說道。此時，我特別注意觀察了他眼眸的顏色，它們看來一如往常，雖然帶著幾許病態的光芒，但並未透露出異於平時的激烈或狂暴。

於是，我稍微放下心來，朝書房一隅的安樂椅上一坐。

「我說，你剛才講的話都是真的嗎？」

我問。為了故意表現出從容的感覺，我開始抽起菸來。

「是真的。我握有確切的證據。」

他依然在室內踱步，篤定地回答。

「我說你啊，不要著急地走來走去好嗎？先坐下來，好好告訴我是怎麼一回事。你不是說半夜才會發生嗎？既然如此，不必現在就急著去吧？」

我暗自忖度：還是先不要違逆他的意思，慢慢安撫他的情緒比較妥當。

「證據是有，但我還不清楚確切的地點，必須趁天黑前確認大致的位置。我想是不會發生什麼危險啦，但是，抱歉哦，可以現在就陪我去嗎？」

「沒問題，我就是為此事而來的，一起去不妨礙。不過，假如沒有目標，要怎麼找地點呢？」

「不，有目標。根據我的推測，犯罪地點肯定會在向島。」

他在說這些話時，似乎因為掌握了確鑿的證據而顯得雀躍，一反平日那個陰鬱、氣惱的男人形象。他開始興奮地在房裡繞圈子，活力充沛地與我應答。

「你怎麼知道是在向島？」

「理由等一下再仔細告訴你。總之，現在就出發吧！觀賞殺人事件，可是千載難逢的機會哦！要是錯過就可惜了。」

「反正地點已經知道了嘛，何必那麼慌張呢？搭計程車去向島，三十分鐘就到了。況且，現在白天比較長，離天黑還有兩、三個小時。你還是在出發前跟我說一下吧！不告訴我內情，就算我們一起去，有意思的只有你自己而已，我根本毫無樂趣可言。」

已經異常的園村，似乎也有些認同我的理論，嗯嗯點了兩、三下頭，說：「好吧，那我就簡單說一下……」

不過，他的眼睛還是一直盯著時鐘，一副很在意時間的樣子，之後才不大情願地在我面前的椅子上坐下。他手伸進上衣內側的口袋，拿出一張皺巴巴的西式紙片，在大理石的茶几上攤開。

「所謂的證據就是這張紙，這是我前天晚上在一個特別的地方拿到的。你看這上面寫的，應該有想到什麼了吧？」

他暗示性地說，臉上帶著異樣的、令人不悅的冷笑，同時，眼珠往上吊地盯著我看。

紙上用鉛筆寫著數學公式般的符號與數字——6*；48*634；‡1；48†85；4‡12？‡†45……，像這樣的東西，共羅列了兩、三行。當然，我什麼也沒聯想到，更不懂意思為何。本來我還不確定園村的精神狀態是否有問題，看到他竟然把不知何處撿來的紙片視為確鑿的犯罪證據時，雖然心裡深感悲憫，但已不再懷疑他是真的瘋了。

「這到底是什麼東西啊？我沒想到什麼特別的。你看得懂這些符號的意思嗎？」

我鐵青著臉，聲音顫抖。

「虧你還是個文學家呢，怎麼那麼沒學問哪！」

突然間，他把身體向後伸展，哈哈大笑。然後，以自恃博學的口吻，得意地說。

「……你難道沒讀過愛倫坡的短篇小說《*The Gold-Bug*》嗎？只要是讀過那部作品的人，絕不可能沒注意到這些符號的意義。」

還真不巧，愛倫坡的作品我只讀過兩、三篇。以前確實聽過有部很有趣的小說叫《金甲蟲》，卻連基本的故事梗概也不甚了了。

「沒讀過那篇小說，難怪你不懂這些符號的意義。簡單來說，內容是這樣的——以前，有個叫基德的海盜，在美國南卡羅萊納州的某處，埋藏了搶來的金銀財寶。為了標示地點，他以暗號文字記錄。後來，有個住在沙利文島的男子威廉・勒格朗，在偶然之間得到這個記錄，他解析出其中的意義，找到了埋藏金銀財寶之處，並把它們挖了出來——內容大致上就是這樣。但是，這小說最有趣的，其實是勒格朗解析暗號的思考歷程，而且還對此做了非常詳盡的說明。我撿到的這張紙，很明顯就是運用了那個海盜的密碼。當我在某處看到它時，無法不去想像這裡面一定隱匿了某樁犯罪事件，於是就特地把它撿回來。」

我沒讀過那個故事，無法判斷說明的正確性如何，卻不得不佩服他的博覽強記。

「嗯嗯，越來越有趣了。但你是在哪裡撿到這張紙的呢？」

像母親傾聽孩子說話般，我試圖引導他說出來。內心ＯＳ：沒有什麼事比博學的瘋子，脅迫不學無術的人更讓人困擾了。我甚至在想，好吧，就讓我們繼續看看他還會說出什麼荒唐的話吧！

「撿到這張紙的經過是這樣的——你想哦，前天晚上七點左右，我照例一個人坐在淺草公園俱樂部的特等席，準備要看電影。你大概也知道，那裡的特等席，前面兩、三排是男女同伴席，後面才是男性的座位。那天應該是星期六，我進去時，二樓和一樓都已經人滿為患，我好不容易才在男子席最前方的正中央找到一個空位，就慢慢地擠進去坐下。也就是說，我的座位正是男子席與同伴席的交接處；我的前排有很多男女並列坐著。一開始，我也沒有特別注意那些人。但過了一會兒，一件不可思議的事就在我眼皮底下發生了。於是，我也不管電影演什麼，就開始密切注意那件事了。不知何時，有三個男女在我前面坐下。整個場內已擠得毫無立錐之地，連特等席都有人站著觀賞呢，總之，擠滿了人牆，所以我的周圍實在是暗得不能再暗了。」

「……我雖然看不到他們三人的打扮和長相，但至少從背面可以判斷其中一個是束髮的女人，另外兩個是男的。那女子髮量豐盈，多到讓人覺得夏天應該會很熱，而且，看髮量就知道她相當年輕。兩個男人當中，一個頭髮中分，梳得油亮服貼，另一個則理了四角平頭。三人座位的順序是這樣的。最右邊的是束髮女子，中間是頭髮分邊的男人，左邊則是平頭男。從這樣的座位順序可以想像右邊那女的，要麼就是中間男子的妻子或情婦，至少和他關係比較親密。而左邊的平頭男，應該是中間這男子的朋友之類的。我想你也不會覺得我的想像有誤吧！像這種情況，假使那女的和兩個男人具有同等關係，一定會坐在他們兩人中間。否則，其中一個關係較深的男子，必然會夾在另一個男人和女的之間……怎麼樣，你也認為如此吧？」

「嗯嗯，確實有道理。不過你未免也太在意那女人和他們的關係了吧！」

他像知名偵探般得意，一副對這件事瞭若指掌似地解說著，讓我看了有點忍俊不禁。

「不、不，因為他們的關係在這件事上至關緊要。剛才我說的詭異事件，就是指那女的和左邊的平頭男。他們背著中間的男人，在椅背後面，一下子握手，一下子做出奇妙的暗號。一開始是女的用指尖在男人手背上寫字，然後，換那男的在她手上寫東西，像在回覆她。好一會兒，兩人就這樣頻頻交換著訊息。」

「是哦！這麼看來，這兩人應該是背著另一個男的在約定幽會之類的吧？不過，這種事社會上一天到晚都在發生，也沒什麼好奇怪的不是嗎？」

「我很想搞清楚他們在寫什麼，就緊盯著手指的動作。」

園村似乎沒聽進我對他的調侃，依然自顧自地說著。

「……毫無疑問，他們用指頭寫的筆劃很簡單，所以，我一下就看出他們是用片假名在交談。而且實在是太巧了，中間的男子就坐在我正前方，另外兩人在他左右兩側，因此事情儼然就在我的眼前發生。當我一注意到那是片假名，女人的指頭又開始慢慢在男的手上比劃著。我的眼睛貪婪地盯著她手指移動的路徑，讀出了『不可用藥，要用繩子』這幾個字。未想那男的一直沒懂，因此，女的又在他手上仔細寫了兩、三回。後來，男的終於理解，便在她手上反問：何時較好？女的回答：兩、三日內。此時，中間的男子把身體往後仰了一下，兩人便慌忙縮回手，假裝專心看電影，一副若無其事的樣子。很可惜，他們的祕密通訊到此為止。不過，所謂的『不可用藥，要用繩子』到底暗示什麼呢？若只有『何時較好』、『兩、三日內』，或許還能推測是在約定幽會的事，但是，藥和繩子，應該與幽會無關才對。我想，他們一定是在商量恐怖的犯罪事件；女的應該是在對男的下指令，說：『和毒藥比起來，用繩子比較好……』。」

不知道園村精神狀態的人，要是聽了他這樣有條不紊、條理分明的解說，一定會深深信服。一不小心，恐怕我也會不疑有他，發出「對，真的耶」的讚嘆。但若仔細想想，不管裡面有多暗，應該還是不會有人蠢到在大庭廣眾下討論殺人的事吧！我認為園村一定是被幻覺所困，把另有其意的東西，按照自己想要的方式詮釋了。我本想一語驚醒夢中人，卻又禁不住想看看他到底瘋狂到什麼程度，便依舊乖乖地噤聲不語。

「……若真如此，那就越來越有趣了。我不覺得害怕，甚至想知道更多密談的內容。一想到若能得知犯罪事件何時何日何處發生，就忍不住興起濃濃的好奇心，想偷偷去察看。過了一會兒，兩人又慢慢把手伸向椅背。這次，女的把手中一張揉起來的小紙條悄悄遞給男的，兩人的手隨即又如之前般縮了回去。你應該可以想像，明確看見這光景的我，有多想知道紙條的內容吧！男人收下紙條，大概想看看上面寫什麼，便馬上離席，故作要去廁所什麼的，沒想到五分鐘就回來了。那時，他把紙片咬在嘴裡，弄得皺巴巴的，然後極其自然地，像丟掉擦鼻涕的紙那樣，『砰』地往座位後方一扔，就剛好掉在我的腳邊。我立刻偷偷把它踩在腳底下。」

「那男的還真大膽。既然都到廁所去了，直接丟在裡面不就得了嗎？」

我語帶譏誚地說。

「有關這點，我也覺得很奇怪。大概是去廁所時忘了丟，後來突然想起，才會丟在那裡吧！而且，他可能認為寫的是暗號，丟在哪裡也沒有差別。只不過他沒想到，眼前竟然就有一個能夠解讀這些密碼的人。」

他這麼說，還笑了笑。

此時，時鐘剛好來到五點，但他似乎沒注意到，完全沉浸在這個話題之中。

「我本想，等電影結束場內燈亮，就能好好看看這三人。不料，他們卻沒等到那時。平頭男一把紙條丟掉了，女的就故意嘆了口氣，催著中間的男人說：『好無聊哦！我們走了吧！』她的聲音非常甜美，口吻既任性又嬌嗔。她一說，平頭男就附和：『對啊！這電影沒什麼意思。喂！我們走吧。』被兩人一催，中間的男子雖然不大情願，仍只好起身離座。這三人就這麼離開了。照情況判斷，他們應該一開始就沒有要看電影的意思，會來這裡，純粹是想利用室內的陰暗和雜沓來交換祕密訊息。但也拜他們的離開所賜，我才能輕鬆把紙片撿回來。」

「那你可以跟我說一下紙片上的暗號是什麼意思嗎？」

「讀過愛倫坡的小說，就能輕易了解這裡的數字和符號分別代表了二十六個英文字母。例如，數字5代表a，2代表b，3代表g。而符號†表示d，*表示n，;表示t，?表示u。所以，把這些連續的暗號用ABC來改寫，再適當加上標點符號，就會形成以下這樣奇妙的英文——

in the night of the Death of Buddha, at the time of the Death of Diana, there is a scale in the north of Neptune, where it must be commited by our hands.

知道了吧？會變成這樣的句子。不過，這裡面的W，在愛倫坡小說的記錄裡是沒有的，他們用了V來取代W。而且，為了讓你比較看得懂，這裡的D、B、N等花式字體，是我重新改寫的，原本並沒有花式字體的特殊符號。把這個句子翻譯成日文的話，應該會是這樣。——

佛陀入滅之夜，

黛安娜殞命之時，

Neptune 北方有一片魚鱗，

在那裡，那件事必須經由我們的手來執行。

嗯，是這樣吧！乍看或許不懂意思，但若仔細想想，就會越來越清楚。『佛陀入滅之夜』，指的應該是六曜[1]的佛滅之夜。本月相當於佛滅日的共有四、五天。前天晚上那女的寫兩、三日內，那麼，她所說的佛滅日指的一定就是今天。接下來是『黛安娜殞命之時』。黛安娜是月亮女神，這句應該是在說月落時分。今晚的月

① 譯註：六曜是中國傳統曆法中的一種注文，用以標示每日吉凶，後來傳至日本。在日曆及手冊中都有標註，主要做為冠禮、婚喪及祭祀之際的參考。

落之時，是半夜一點三十六分。因此，會在那個時候犯案。比較麻煩的是下面這句，也就是『Neptune 北方有一片魚鱗』。很明顯地，這裡指的是地點，但假使無法解開這句之謎，就看不到殺人光景。……

假如 Neptune 這個名詞完全超出我們的想像，是他們之間特有的隱語可就傷腦筋了。不過，想想前面的黛安娜啦、佛陀啦，就覺得未必會那麼難。例如，Neptune 有海神或海王星的意思。因此，一定是跟海或水相有關的地方。那時，我腦海裡突然浮現出向島的水神。你也知道，向島附近非常荒涼。要犯那種案子，必須在絕佳地點才行。從『Neptune 北方有一片魚鱗』來看，可能是水神的祠寺，或是八百松建築物北方、印有魚鱗型△狀符號的房子或地點吧！既然只用了『水神之北』這種極為籠統的指涉，那麼，該印記說不定會在非常容易發現之處。『在那裡，那件事必須經由我們的手來執行。』──此處的『那件事』這個代名詞，毋庸說明也知道指的是犯罪事件。而從『必須執行』，及原文 must be committed 的 commit 這個字意來看，更清楚指的就是犯罪事件。至於『經由我們的手』，就是那女的和平頭男兩人聯手之意。再對照『不可用藥，要用繩子』這句，謎底就益發明瞭，幾乎沒有絲毫疑慮了。我覺得比較可惜的是，上面沒寫此案的受害者是誰。但若從那天晚上的情況來推斷，目標可能是三人之中那個頭髮中分，又梳得油油亮亮的男人吧！當然啦，受害者是誰，對我們來說無關緊要，我們只要解開暗號之謎，確認時間、地點，再暗地窺探案發現場就夠了。所以，接下來要採取的行動，就是去向島的水神附近找出魚鱗的記號。光是講這些，你就知道此事有多破天荒、多有趣了吧！唉呀，你看，眼下時間這麼寶貴，我卻浪費了一個半小時來跟你說明。」

對哦！這麼看來，已經五點半了。所幸，六月上旬白日較長，還沒要天黑的樣子。洋房的窗外，仍像大白天一樣地明亮。

「浪費是浪費了，但也託你的福，才讓我聽到這麼有趣的事。不過，話說回來，從前天到今天，這麼長的時間，假如你先去找那個魚鱗印記不就好了嗎？」

我這麼說，卻依舊苦於不知如何應對。昨晚熬夜至今的疲勞原本已暫時忘卻，此時，卻漫然向我襲來。如果可能，我其實不想陪他去。特地跑到向島，當一個無頭蒼蠅的偵探助理……光想到這點，都讓我覺得愚不可及。但是讓他一個人去，我會更不放心。

「這還用你說嗎？昨天一早我就出門，到水神附近仔仔細細搜索了一整天，可是，始終找不到那個魚鱗的記號。我在想，或許要等到犯罪當天才會標示出來吧。所以，那女的今天早上一定已經在附近做好記號了。昨天我已經趁機物色了兩、三個可能的位置，預料今天應該不太費事就能找到。但要是天色暗下來可就不方便了。我們得立刻出發才行。你快起來，動作快！為了安全起見，這個你給我拿著。」

說著，他從抽屜裡取出一把手槍遞給我。

看到他如此熱中、著迷，我知道就算出手阻止，也不可能讓他死心斷念。若要打破他的妄想，最好的方法還是先跟他一塊去向島，證明至今仍沒有任何魚鱗記號。這樣，哪怕他瘋得再厲害，也會醒悟一切只是幻想而已。當我意識到這一點，就順從地收下了手槍。

我說：「好，出發吧！嘿，我們兩個就好像福爾摩斯和華生呢！」說著便愉快地起身了。

我們從成門旁搭上了計程車。在前往向島的途中，園村的腦子仍沉浸在妄想裡。他把軟帽壓得低低的，幾乎蓋住眼睛，雙手還環抱在胸前沉思。話說如此，隨即卻又亢奮地說：

「……雖然今晚我們就會知道答案了，但是，你覺得犯人會是什麼類型、什麼階層的人？要是我那天晚上能先確認他們的服裝就好了，可是裡面一片漆黑，根本看不清楚。不過既然懂得使用愛倫坡小說的暗號，不管那女的還是男的，想必都不會是沒受過教育的人。不，應該相當有學問才對……喂，你不覺得嗎？」

「嗯，應該是吧！搞不好是上流社會人士。」

「但換個角度想，也有可能不是什麼上流社會的，而是大規模的犯罪集團，例如連強盜、殺人都習以為常的惡棍，不然，怎麼可能懂得使用暗號？那些暗號相當複雜，像我這樣的素人，必須一一對照愛倫坡的原文才能了解，但那個平頭男，只到廁所花了五、六分鐘就讀完了。如此看來，他一定終年都在使用那些暗號。讀暗號對他們來說，就像我們讀ＡＢＣ一樣輕鬆。而且至今已不知用那些暗號犯過多少案子了。想到這兒，就覺得他們實在不像一般的壞蛋。」

載著我們的汽車行經日比谷公園前，又疾馳過馬場先門外的壕溝。

「話說回來，對我們來說，不知道他們是誰反而是一種樂趣呢！」

園村接著說。

「……一開始，我猜他們的犯罪動機是出於偷情。可是，假如他們是恐怖的殺人慣犯，那麼，恐怕還有溢於情感糾葛之外的理由。總之，目前我們知道的訊息只有：今晚午夜一點三十六分，在向島的水神北方，某人會被某人以繩索絞殺。這一點就格外挑動了我好奇的神經。」

汽車已駛過丸之內，往淺草橋方向奔馳而去。

※

大約三小時過後，也就是晚上八點半左右，我再度讓園村坐上汽車，準備返回他位於芝公園的家。園村沮喪的模樣令人同情，低著頭，沉默不語。

「我在想，應該是你搞錯了吧！你最近看起來有點躁動，要盡量讓自己穩定一點才好。不然，你明天就離開這裡，先換個環境怎麼樣？」

坐在搖晃的車裡，我試圖說服一路鼓著腮幫子沉思的園村。

事實上，那天傍晚六點到八點多，我一直被他拖著，穿梭在水神附近的大街小巷。果不其然，我們並沒找到鱗片般的印記。即便如此，他還是賭氣地說，要是不找到絕對不會回家。是我一路好說歹說，才讓他放棄了繼續搜索的工作。

「這陣子我確實怪怪的。經你這麼一講，我也覺得自己好像瘋了。」

園村的語調聽來沉鬱。

「……但說來奇怪，那附近一定要有記號才對啊！哪怕我神經衰弱得再厲害，前天晚上的事總是千真萬確的吧！我若有錯，也會是暗號的解析或句子的理解出了問題。總之，我回家再好好想一想。」

他這麼說，仍不放棄他的妄想，這讓我看了又好氣、又好笑。

「你要再想想也是可以啦，但為了這種事大傷腦筋，不是很沒意義嗎？就算你的想像是事實，也沒必要為了得知真相費那麼大工夫吧！我從昨晚到現在一秒都沒睡，已經累翻啦。我要回家睡覺了，你今晚也趁早休息吧！我明天早上再去找你，你可千萬別自己半夜跑出去哦！」

心想再跟他耗下去會沒完沒了，於是，我先在淺草橋下了車，搭上前往九段的電車。一上車我便感到一陣茫然，失望之情湧上心頭。去向島的那三小時，他發瘋似地找著所謂的記號，連一口飯也沒讓我吃上。此刻，不禁感到飢腸轆轆。到了神保町後，又轉乘前往巢鴨方向的車，頓時睡魔襲來，我又不覺得餓了。等到返抵小石川的家，立刻倒頭就睡，不省人事……。

不知究竟睡了多久，半夢半醒之間，大門似乎傳來叩叩叩的聲響，還有汽車的引擎聲。

「老公，好像有人在敲門耶。三更半夜的，會是誰啊？而且好像是開車來的。」

妻子說道，把我叫起來。

「啊，又來了！一定是園村。他這陣子變得怪怪的。呿！真是傷腦筋！」

我無可奈何地揉了揉惺忪的睡眼，來到大門口。

「喂，喂，我跟你說，已經找到正確的地點了。原來 Neptune 不是水神，是水天宮啦！是我搞錯了，我終於在水天宮北邊的新路上發現鱗片的記號了。」

我把矮門打開一點縫隙，他立刻屈身鑽進玄關的泥地上，附耳對我輕聲說。

「怎麼樣，我們立刻過去吧！現在剛好十二點五十分，只剩下四十六分了。我本想自己去的，但之前已經答應你了，就特地來找你。你快點準備一下。動作快哦！」

「終於找到了是嗎？可是已經十二點五十分了，就算現在過去，也不知道能不能看到，而且要是反過來被他們發現，我們會有危險的。還是算了吧！」

「不，我絕不放棄。就算看不到，我也要蹲在門口，聽聽被勒死的人呻吟。而且，我剛才看了，做記號的是一間小平房，只有兩個房間，非常地小。現在是夏天，拉門什麼的全都拆掉了，只掛著一、兩張蘆葦編的簾子。而且我跟你說，後門有一大扇向外突出的窗台，遮雨窗上有很多節孔和縫隙，能把裡面看得一清二楚。這不是絕佳的機會嗎？你看吧，跟你廢話這些，又耗掉十分鐘了；現在剛好一點整，要不要去快決定。不願意的話我就自己去。」

我想：有哪個笨蛋會在那種地方殺人呢？一方面又覺得無法放他一個人不管，實在困擾之至。最後，覺得除了跟他去似乎也別無他法了。

「好吧，你等一下，我馬上準備好。」

說完立刻折返室內，十萬火急地換裝。

「老公，發生什麼事了？大半夜的，你要去哪裡？」

妻子的眼睛瞪得又圓又大。

「唉，我還沒跟妳說，園村那傢伙，兩、三天前就開始不正常，說了很多莫名其妙的話。真拿他沒辦法。還說什麼今晚人形町的水天宮附近有人會被殺，他要去看。」

「唉唷，幹麼說那麼可怕的話呀！」

「半夜睡得好好的卻被挖起來才讓人更火大吧！可是假如不管他，又不知道他會幹出什麼蠢事來。我看我還是哄哄他，把他送回家好了。傷腦筋……。」

我對妻子編了這個理由，便又和他一起搭上汽車。

深夜的街道非常安靜。汽車從白山上一直線地駛過高中前面，然後，輕快滑行在本鄉通的電車石板路上。而我，卻彷彿仍在做夢一般。

梅雨季前的初夏催人欲眠，一半的夜空被壓低的雨雲黯淡包覆著，另外一半則星光閃爍。

「再十七分，只剩十七分鐘了。」

通過松住町車站時，園村用手電筒照了一下他的腕錶這麼說。

當他又大叫出聲：「只剩下十二分了啦！」一瞬間，汽車便以和他腦子一般瘋狂的速度大大地急轉彎，繞過了和泉橋的轉角，往人形町通的方向奔馳。

我們故意把車子丟在竃河岸附近。為了避開派出所前方，所以迂迴地鑽過了好幾條小巷。我對那附近不熟，只能任由園村帶路，在暗矇矇的小路之間快速來去。因此，至今仍搞不清楚究竟身在何方。

園村沉默不語地往前疾行，到了一個兩側皆是髒亂長屋、下水道上鋪著板子的死巷盡頭時，在我耳邊這樣小聲提醒。

「喂，快到了，腳步放輕一點。就是那間；五、六間前面那家。」

「哪裡？哪一家？鱗片記號在什麼地方？」

園村沒有回答，突然停下來看他的腕錶，聲音沙啞卻帶著力量說：「完了！」他說：「完了！完蛋了！已經超過兩分鐘了，三十八分了！」

「唉呀，不要緊吧！快告訴我記號在哪裡？」

看他著迷成這樣，一定是因為魚鱗記號就在附近的緣故，於是我問道。

「記號並不重要，我後來再好好告訴你。別拖拖拉拉的，快過來這邊。這邊這邊。」

他不由分說地抓住我的肩膀，使勁把我拽進一條左右兩側皆是平房的狹隘夾道裡；夾道之小僅能容身。周邊應該是垃圾桶什麼的。黑暗中，各種東西已經發酵，令人不快的惡臭一直衝向我的鼻子。耳朵上也沾滿了蜘蛛絲，經過時把蜘蛛網都弄破了。此時，走在我前面五、六步的園村突然停下腳步，把臉貼在左側雨窗的節孔上，屏息不語。

夾道的右側是一整面釘壁板，而左邊——即園村此刻臉部抵住之處——正是他先前所說的大窗台；遮雨窗上滿布了節孔和縫隙，室內明亮的燈光流瀉而出。根據光線的強度，可以想像裡面一定燈火通明。我不做他想地靠近園村，與他並肩而立，然後，往其中一個節孔看進去。

節孔的大小大約可伸進一根拇指。原已習慣了外面的幽暗，因此，窺入室內的瞬間，強烈的燈光刺得我目眩神迷，一時對不上焦距，只約略看見兩、三個影像在眼前晃動。我清楚意識到的，反而是身旁正粗重喘息的園村。在死寂的靜謐中，他的腕錶滴答作響，有如心臟劇烈的鼓動。

兩分鐘後，我的視力似乎漸漸恢復。最先看見的是一根縱向垂直的柱子，柱子的顏色雪白。又過了幾秒，才發現那不是柱子，而是一個背對坐著的女人後頸；髮際下的修長頸項，有著十分優美的線條。說實話，那女人坐的位子離窗邊之近，幾乎快要遮蔽了整個節孔，因此一開始不容易識別出是人的背姿。我只看得出她梳著潰島田②的髮髻，身穿夏天的黑色羅紗外褂。但是腰部以下就超出視線可及的範圍了。

不甚寬敞的室內，不知為何，竟然點著至少五十燭光、亮度特高的電燈。一開始以為女人的頸子是白柱子是有道理的，因為她背對我們而坐，頭略俯向下，身著後領深深下挖的和服，刷了厚重白粉的頸背暴露在強烈的燈光下，顯得光芒耀眼。我和她距離之近，不但可從我聞得到她衣服上甘甜柔美的香水味想像得出，甚至還近到幾乎能算出她每一根髮絲。那像是剛梳好的秀髮，帶著驚人的水亮光澤。而如鳥兒腹部般隆起的兩鬢，以及乾淨俐落、造型優美的後髻，都一絲不亂、烏黑柔亮，宛如戴了假髮一般。可惜我看不到她的臉蛋。但是，柔軟的肩線婀娜優美，頸子有如人偶般纖細，再從衣領上的髮際，耳後，以及延伸至背部的肉感來看，從背影就不難推測這女子具有驚人的美豔。在這意外之處，竟能遇見如此的美人，光是這一點就讓我覺得不枉走這一趟了。

在此，有必要多記載一些初見她的剎那印象，以及最初一、兩分鐘的光景。哪怕園村的預想是錯的，但是，三更半夜竟有這樣的女子，做這樣的打扮，在這樣的地方靜止不動，本身就是一件極不可思議的事。從她的潰島田髮型來看，很明顯絕非一般良家婦女；要麼就是藝伎，不然，從事的也是與此相近的職業。再者，她頭

②　譯註：島田髷是以江戶前期男性束髮為基礎發展而成的女性髮型。起源有眾多說法，以東海道島田宿的妓女最初開始梳此髮型之說最普遍。潰島田則為其變化之一，所結之髷（束髮）位置較低，且中央下凹。

髮上的裝飾、鮮豔奢華的衣裳，都是近期花柳界的流行趨勢。若為藝伎，也絕非來自鄉下地方，而是新橋或赤坂的一流紅牌。不過，話說回來，她坐在那裡究竟是在幹什麼，我壓根兒也摸不著頭緒。前面寫道：「在這樣的地方**靜止不動**」，確實，她就像個活人畫似地，真的一動也不動；誠如字面所示「**靜止不動**」。她彷彿在我透過節孔窺伺的那一瞬間就凝結了；伸長頸子，低垂著頭，有如化石般靜止──該不會是因為她注意到戶外的腳步聲，正屏住氣息，側耳傾聽吧？──這個念頭突然出現，我不禁慌忙轉過頭看園村，然而，他卻依然緊貼著臉，著迷地往裡面看。

就在此時，原本安靜無聲的室內，似乎有東西在動。就像是踩在底下橫木已鬆脫的榻榻米上，微微發出咿─咿─的聲音。原本嘲笑園村瘋狂的我，不知不覺之間也被好奇心所俘虜，一聽到聲音，眼睛就不自覺地往節孔上靠。

就在那極短的時間──大約只有一、兩秒吧，那女的位置和姿勢做了一點改變。剛才的聲音大概就是這樣來的吧！原本幾乎堵住節孔的她，往前斜移了一個榻榻米左右，來到靠近房間中央的位置。這下子讓我眼界大開了：室內幾乎是一覽無遺。在我佇立的窗戶正對面——亦即我所面向之處，是一般長屋的黃色牆壁，壁紙都已經快剝落了。左邊是竹簾。右邊蘆葦編製的簾子對面，則連接著走廊。外面的雨窗似乎是關著的。剛才好像看到女的頭後方有著什麼東西，是白色的。這下才知是一個身穿毛巾料浴衣的男子。他臉朝這邊，緊貼著牆，站在女人的左側。年約十八、九歲，最多不超過二十。理平頭，膚色黝黑，個子高大，有點像年輕版的前代菊五郎③。我特地把他比擬為前代菊五郎，不僅因為他有著昔日江戶美男子的緊緻皮膚，更因那細長的雙眸、清澈的眼神，以及稍稍突出的下唇，容易讓人聯想到髮結新三④或是鼠小僧⑤，而且，他還把他們的下流與奸黠表露無遺之故。

---

③ 譯註：尾上菊五郎為歌舞伎名門。此處所指之前代菊五郎，雖未明示何人，但依時間推斷，最有可能是活躍於明治時代的第五代菊五郎（1844-1903）。

④ 譯註：歌舞伎的角色設定。新三既為爽朗、豪邁的江戶男兒，但也有奸黠的一面，甚至是會綁架人的小惡棍。髮結則指專門帶著工具挨家挨戶為客人梳髮髻的行業。

⑤ 譯註：鼠小僧（1795-1832）是江戶後期的盜賊，名為次郎吉。因動作敏捷而得此稱呼。常被拿來做為小說、戲曲等的素材。

青年不怒不笑，看來頗為沉穩，但似乎又像在為某事焦慮，表情極其神祕難解。更令人困惑的是，在他身旁一、兩尺、也就是房間最左邊的角落上，有個全黑、狀似稻草人的物體。我試著多角度地扭動身軀，眼珠子也一直轉來轉去，仍過了好一會兒才看清稻草人的樣子。

仔細瞧，才發現稻草人三隻腳著地，頭上覆蓋著黑天鵝絨布料——怎麼看都像是裝著腳架的相機。狹隘的室內點著強力燈光，而且女人的身體又一動也不動，大概是因為那男的在為女人拍照吧！不過，他們為何三更半夜在這略嫌髒亂的房裡拍照？到底有什麼非如此不可的理由呢？

我猜測這男人應該是某種非法商品的製造商，現在正在以女人為模特兒拍照。這樣想，眼前的景象才解釋得通。

「搞什麼嘛，真蠢！園村那傢伙竟然把我帶到這鬼地方來。我看他差不多也發現了吧！」

我拍拍園村的肩膀，忍不住想對他說：「好一個殺人場面就要開始了哦！」如今已真相大白，他的猜測顯然大錯特錯。然而，我的好奇心卻往另一方向發展，而且變得更加火熱。從昨天下午開始，我就被他這個名偵探拉著，穿梭在東京的大街小巷，不料，看到的卻是如此滑稽的場面。此事一方面讓我覺得好笑，但似乎又不能僅一笑置之。就算不是什麼謀殺案，至少也是一種小型犯罪。三更半夜從門縫偷窺即將展演的光景，也讓我體驗到近乎殺人慘劇那般難以名狀的恐怖，以及緊張刺激的期待感。並非出於一般的潔癖，而是一種侵襲全身的戰慄，讓我險些想要把臉撇開。

儘管相機已架置妥當，男人卻遲遲沒有動作，依然靠在角落的牆上，饒有興味地盯著女人瞧。而且，在我觀察的這段時間，他仍一直站著，和女人一樣，不動如山。如前所述，他長了一雙邪佞的眼睛，眼珠子就像活人偶般，晶光閃爍。女人仍背對我們，但已鬆開膝蓋、側身斜坐，因此，腰部以下都清晰可見了。她的右腿伸出，白淨無瑕的足袋[⑥]底部，從披散在榻榻米上的絲質外套下露出了一半。長長的

⑥ 譯註：足袋是日本的分趾襪，穿和服和日式鞋子如木屐、草履時搭配穿著。

和服袖子輕垂其上。剛才只看得見上半身，現在終於看到全身了，她那妖豔的身形果然沒有騙我。啊，怎麼會有這麼性感、這麼高雅的體態呀！她身上的軟料薄裳不起一絲皺褶。即便只是坐著，性感與高雅仍遍及全身曲線。該怎麼說呢，就好比蜿蜒的蛇身，帶出流暢的線條。我驚豔地看著，越看，就越覺得有音樂般的餘韻滲入胸中，整個人已陷入恍惚之中。

我的目光究竟有多麼執拗地受她的嬌態吸引，可從我一直沒注意到房間右邊有個巨大的金盆得知。事實上，這房裡放著這麼大的金盆，比有相機這件事更不可思議。但假如沒有這女人的存在，我肯定立刻就注意到了才對。說是金盆，正確來講，其實是個有著西洋浴缸容積，既深且長，內部還塗了琺瑯的橢圓形容器。它就被放在靠近外廊、蘆葦簾子前的榻榻米上。

這金盆究竟要拿來做什麼？會放在這裡，肯定不是沐浴用的。一邊是相機，一邊是金盆，中間則是一個女人。整體而言，到底是什麼意思？……當我想到這裡，就漸漸明瞭金盆的用途了；一定是要拍個「美人沐浴圖」之類的場景吧！話雖如此，女人卻穿了一身整齊的和服，令人不解。他們也差不多該開始準備了吧！但從剛才到現在，兩人都一直沉默不語，靜止不動。或許是在思考拍攝的位置？是的，一定是這樣沒錯。因為除了這麼想，無法解開這個謎團……

我這樣詮釋，也依然仔細觀察著他們的態度。他們卻一直沒有要開始準備的意思。女的仍以原本的姿態坐著，而且一逕低著頭。那男的也像一根柱子似地杵在那兒，一邊盯著女人看。在這寂靜悄然的深夜，室內唯一一個無聲轉動著的，就是那男人的眼珠。他的眼睛似乎只專注端詳著女人胸部到膝蓋附近，完全不看其他地方。假如是要選定拍照的位置，他眼神的移動方式也未免太詭異了。為了確認，我特別把他蘊含惡意的視線所及之處，都仔仔細細地看了又看。

但是，不管我看幾次、如何想，男人的視線確實只流連在女人胸部到膝蓋的位置而已。不僅男人如此，連頭部低垂的她，也一副凝視著自己胸部到膝蓋的樣子。從背後看來，她的左右手肘微微張開，那動作像在使用縫紉機，而且雙手放在膝上，看似撥弄著膝上的某個東西。或許因為先注意到這一點，我進而發現她膝上似乎有個隆起的黑色物體，一直往榻榻米前方延伸，雖然被她的身體擋住了，我看不見。

「……該不會有個男的枕著女人的膝蓋在睡覺吧？」

突然間，這個念頭浮現腦海。就在此時，拖曳重物的聲音響起，她又重新面對相機。膝蓋上面確實躺著一個男人，但是，已經死了。

該如何形容我目擊此事時的瞬間感受才好？總之，那是我過去未曾有的經驗；好比穿越一種窒息性的、全身血液流光，漸漸失去意識的恐怖境域。或者說，已接近魂飛魄散、飄渺虛空、無知無覺的狀態了。——知道那是屍體，不僅是因為男子明明像睡著了，眼睛卻大大地瞪著，而且雖然身著瀟灑的燕尾服，但領子被扯得亂七八糟，脖子被大紅色的女用皺綢腰帶一圈一圈地勒住。因此，表情窒息的他看似雙手高舉，彷彿在追緝自己已然逃逸的魂魄，實際上，卻落在女人胸前青瓷色、以藤花刺繡的華麗襯領上。她把雙手伸進屍體的腋下，同時屈身調整那如鮪魚般橫躺著的軀體，但也只調整好了上半身。那隆起如土丘、著白色背心的肥大腹部以下的部分，卻依舊扭曲如く字形，跟之前一樣向前延伸。我看她那纖細的身體，恐怕無法挪動大腹便便的對方吧？說到這，那男的體型雖小，卻異常肥胖。臉部看不清楚，不過，即使從側面仍可見他鼻梁塌陷、額頭凸出、膚色猶如醉酒般赤黑而晦暗，年齡大約三十上下。大致能想像是個其貌不揚的男子。

事到如今，我已無法不承認原以為精神不正常的園村所預測的確實是事實。突然，我看見被殺男子的頭。他的頭髮碰到女人銀色鱗片花紋的腰帶。正如園村所言，頭髮中分，還用髮油整齊光潔地固定著。

接著，我視線所及之處不再只有這屍體，還包括低頭凝視屍體表情的女子。她豐潤的雙頰，雕刻般輪廓鮮明的側臉，也清晰進入眼簾。天花板上亮如白晝的電燈，彷彿也愉悅地輝映著她美好的肌膚。而有如梳齒般勻整的睫毛尖端，像是能一一數算出來似的。臉蛋在光線的照耀之下，沒有一絲陰翳。她眼神低垂，眼皮微睜。上眼瞼飽滿而高雅，線條優美的鼻梁非常之高挺。膨潤可人的雙頰之間是紅豔而精緻的豐唇。下唇之下是流暢柔和的下顎，承接著整張臉緊緻的肌膚，再往下則是修長的頸子，延伸到衣領——我的心一一貪婪地流連在這些地方。

會對她驚為天人，異常的室內場景可能也幫了忙。但即便把這要素都扣除，無庸置疑地，她仍是十中選一的大美人。近來，我也是其中一個對純日式藝伎風的美女感到厭膩的人。她的臉型並非草雙紙⑦流的瓜子臉。年輕稚嫩的臉蛋豐滿圓潤，但在嬌豔欲滴的水嫩之中，卻有著如冰似的冷豔五官。換言之，她的容貌奇妙地共存著嬌媚與高傲的特質。

若硬要挑出缺點來說的話，就是富士額⑧窄了些，破壞了整張臉的和諧，顯得有點猥瑣。另外，她的眉毛太過粗濃了，眉心之間如烏雲籠罩般，看來挺壞心眼、壞脾氣的。再者，就是雙唇緊閉著，彷彿在刻意壓抑渾身散發的嬌媚。那緊閉的唇線，猶如剛剛喝下苦澀的湯藥會反胃那樣，帶著點抑鬱的感覺——大致就這麼多了吧！奇妙的是，這些缺點反而與如此悽慘的光景更鮮活地合拍；既加深了她的美，也增添了妖豔風情。

如此看來，這應該是男人剛被殺的情景吧！又或許，當我把眼睛放到節孔上時，他還沒斷氣也說不定。這麼長的時間，靠牆站立的平頭男和那女子都沉默不語，一定是因為剛殺了人，尚未從行兇後的恍惚中清醒的緣故。

「姊，這樣可以了吧？」

不久，平頭男回過神來，不停眨著眼，低聲問道。

「嗯，可以了。快拍照吧！」

女人說。她的冷笑就像剃刀刀片發出的光。她本來一直朝下看，此時，眼睛突然向上大睜，我才首次看見那神祕的眼眸，就如黑曜石般又黑又大，又如寧靜而滿溢的水泉，蘊含深不見底的光芒。

「那妳往後退一點……」

男子說，兩人便立即開始移動。女人一直拖著屍體，直到後退到房間右方的金盆旁邊，又再度朝向正面。男的到之前的相機旁，把鏡頭對向女子，同時不斷地調

---

⑦ 譯註：江戶時代附有插圖的通俗小說。

⑧ 譯註：指額頭的髮際處像富士山頂。被視為美人條件之一。

整焦距。女的那原本就顯威風凜凜的眉心更往上吊，盡全力撐住快要從膝上滑落的大肚腩屍體。現在，屍體的上半身被女人抱得比之前還要高，頭頂幾乎快要碰到她的下顎。他全身癱軟、臉面朝上。照此情況來看，男子所要拍攝的，並非梳著潰島田髮型的妖豔女人，而是被以奇異的方式絞殺者的表情。

「怎麼樣，能再抬高一點嗎？他太胖了，肚子太大，上面拍不進去哦！」

「可是他太重了，沒辦法更高了。唉，這傢伙的肚子也未免太大了吧！我看他大概有七、八十公斤哦！」

他們這般平淡地交換著對話。男人放入感光板，再取下鏡頭的蓋子。

從拍照到蓋回鏡頭的蓋子花了不少時間。期間，身著燕尾服的屍骸，雙臂就像青蛙腿一樣攤開。被勒住的脖子左傾，如同哭鬧撒嬌的小孩被母親抱在懷裡一樣，手腳都難看地向下攤開。不用說，纏繞在他脖子上的大紅色縐綢腰帶也一併垂落。

「拍好了。已經可以了。」

當男子說出這句話，女的瞬間鬆了一口氣，任屍體橫倒在地，再從自己的腰帶間取出小手鏡——連這種時候，她都怕把美美的髮型弄亂似地，伸出那戴著珍珠與鑽石戒指、象牙白細嫩的手掌，仔細在島田髻上撫弄了兩、三下。

男子走向簾子對面的廚房門口，似乎是扭開了水龍頭，因為，隨即就發出涓涓細流、像水注入桶子或某種容器的聲音。不一會兒，一種異樣的，猶如進入藥局時，令人不大習慣的藥味，強烈地衝擊我的鼻子。一開始，我以為是男人要開始洗照片了，但是，那藥味實在太特殊，聞著聞著讓我連眼淚都嗆出來了。有點像是煙燻硫磺之類的東西。

接著，男人從簾子後面走出來，雙手拿著玻璃試管，說道：

「終於調好了。不知這東西如何？已經上色成這樣，應該沒問題了吧？」

接著，他站在燈下，搖了搖試管裡的液體，再透過光線觀察它的色澤。

很可惜，我的化學知識貧乏，對那兩個試管裡裝的液體究竟是什麼性質的藥劑毫無概念。奇怪的氣味似乎就是從裡面發散出來的。男子右手的液體是澄淨的紫色，左手的則像薄荷，青綠透明。玲瓏剔透、光輝閃爍，在炫目的燈光下看起來真的很美。

「怎麼那麼美啊，好像紫水晶和綠翡翠哦！……有這樣的顏色就可以了。」

女的說著，嫣然一笑。這次和之前誇張的笑法不同，嘴巴張開，卻沒發出聲音，只露出燦爛的笑顏。上排右方的犬齒是金牙，而最左邊有一顆突出的虎牙，讓燦笑如花的她更添嬌美。

「太漂亮了！看這顏色根本不會想到是可怕的毒藥。」

男人依然高舉著試管，超過眼睛的高度，著迷地一直盯著瞧。

「這藥就是因為可怕才美啊！不是說，惡魔和上帝一樣美嗎？」

「總之，只要有這個就安心了。用這藥來溶解，就不會留下任何痕跡。一切證據都會灰飛煙滅……」

男的彷彿在自言自語，一邊大步邁向金盆，把試管中的藥劑一滴一滴慢慢注入盆裡，然後又去廚房門口提了五、六桶水回來，把它們全都倒進盆裡。

之後他們做了什麼？溶解了什麼？此外，那發出類似硫磺異臭、如寶石般色澤瑰麗的藥劑到底是用什麼做的？世界上是否真有那種東西？以上諸多疑問，至今，我仍像在做夢一樣，沒有什麼真實感。

過了一會兒，男人說：

「這麼看來，最慢明天早上就差不多溶光了吧！」

「可是，這傢伙這麼胖，應該無法像之前的松村先生那麼快。要把他的身體全部溶解，恐怕得花相當長的時間呢！」

女人從容地說出這些，是在他們合力把仍身著燕尾服的屍體抬起，重重放進裝滿藥水的盆子裡之後的事。

要浸屍體時，女人先俐落地把和服的袖子收了起來，露出兩條白皙的手臂。屍體丟進去以後，暫時也還沒取下來。就像莎樂美凝視著水井裡約翰的頭一樣，她把雙手撐在盆子邊緣，專注地觀察水面。此時，我看到她左手腕上方七、八寸之處，有如大理石般豐潤的胳膊上，戴著兩圈蛇狀、鑲著紅寶石的金臂環。

可惜，我無法看清楚被殺的男子究竟是怎樣溶解掉的。因為就像之前說的那樣，金盆的造型像西式浴缸，側邊很高，只看得見浮在表面上的大肚腩，還有肚子周圍噗滋噗滋沸騰似的細緻泡沫。

「妳看，今天的藥很有效不是嗎？大肚子溶解得很順利呢！照這速度來看，不用等到明天早上就會全部溶光了。」

我注意到平頭男說的話，於是更專注地看，果真，肚子就像氣球一點一滴消氣那樣，驚人地萎縮了。最後連白色背心的邊緣也沉入水裡。

「確實很順利耶。剩下的明天再說吧！差不多可以睡了。」

女人累得癱坐在榻榻米上，從懷裡拿出香菸，劃了火柴點上。

男子按照女人的意思，從靠近走廊的櫥子裡拿出高級寢具，鋪在房間的中央。那是裡面鋪著厚棉料的雙層墊被；下層是黑天鵝絨，光澤有如貓毛，上層則是純白的緞子。而輕軟又帶涼感的麻布上，繡著桃色薔薇的花樣。男子把那女人的被子鋪好後，似乎走到了隔壁的玄關去，另外為自己鋪了睡鋪。

女人換上雙層白色絲質睡衣，玉足輕踩在柔軟如水的被褥上，然後，像雪女一樣地起身，舉起手把燈關了。

假如那時女的沒有關燈……那晚，我們應該會忘記自己正身曝險境，眼睛還一直狂盯著節孔，著魔似地看到天亮吧！因為室內突然變暗，才讓我驚覺已經在這條狹隘的巷子底站了一個多小時了。不，說實話，室內剛暗下來時，我們都還像在期待著什麼似的，茫然佇立於窗前。

大夢初醒的我，接著想到的是，該如何才不會被聽見腳步聲，安然從此夾道中脫身。老實說，我很害怕不能平安地離開。萬一走在這狹隘的、只能勉強容納一人通行的小徑時發出聲音，是絕對不可能不被他們聽見的。從我剛才輕易聽見他們的輕聲對話來看，就知道我們之間的距離有多近。要是被發現已目睹了犯案的過程，那麼，我們會有什麼下場？從今晚發生的事，應可大致想像他們幹壞事時多大膽，手段多高明，計畫多縝密，執念多麼深了。即便今晚平安無事地離開，但只要被盯上了，恐怕隨時會有生命危險。那個被丟進金盆，用藥劑溶解掉的燕尾服男子的命運，可能也會臨到我們身上……至少，我們得有此覺悟，日日夜夜過得膽戰心驚吧！想到這裡，就覺得此時千萬不可輕舉妄動。

我覺得此刻正深陷於性命危險之中。因此，當下便決定先在原地不動，靜靜待個二、三十分鐘，等到他們差不多睡著了再悄悄退下，這樣最安全。假如我不動，站在巷子更深處的園村當然也就無法出去。看來他的想法和我差不多。不，應該說他已表現出一副不許我妄動的樣子，緊緊抓住我的右手，屏息佇立。

在如此情況下，沒想到我和園村的腦筋還能那麼清楚，態度這般沉著。明明緊張得要死，牙齒打顫到闔都闔不起來，兩隻腳還能撐住身體，沒有倒下。假如當時我們的戰慄再強烈一點，我的身體、手腕或膝頭的抖動更劇烈一些的話，豈能像那樣，連一根針掉地的聲音都不發出來？我深深感到不可思議：像我這樣的膽小鬼，在面臨九死一生之際，竟然也能產生有如奇蹟般的勇氣。

幸運的是，我們並不需要在那邊站很久，因為熄燈不到十分鐘，室內就已傳來女人熟睡的鼻息，以及平頭男巨大的鼾聲——他們也未免太大膽了吧——於是，我們像撿回老命似的，小心翼翼地踮著腳尖，離開了那條窄巷。

一到外面，園村就拍拍我的肩膀說：

「等等！我還沒告訴你魚鱗記號的位置吧？你看，那邊不是有個白色的三角形符號嗎？」

他說，一邊指著那家的屋簷下方。確實，即使在夜色下，我也看見了門牌旁邊有個用白色粉筆畫的魚鱗記號。

越想就越覺得一切都像迷霧夢幻，沒有半點真實感；但就算是謎團，也未免太迷惑人，即便是夢幻，也過於夢幻了吧！明明我是以自己的肉眼目睹了那光景，但不知怎麼地，仍禁不住懷疑是否受騙了。

「要是提早個兩、三分鐘到，就能從那男人被殺的場面開始看起了！真是太可惜了。」

園村說。我們再度無預期地通過蜿蜒的新路，來到人形町通，然後往江戶橋的方向走去。潮濕而不舒服的冷風襲上我的臉龐，原本還算晴朗的夜空，此時星子都已消失。如舊棉被般厚重的雲朵布滿了天空，一副即將落雨的樣子。

「我說園村君哪……就算你聲音很小，也不必在大街上討論這種事比較好吧！還有，我們現在是要往哪兒走，回誰家去呢？三更半夜的，在這種地方閒晃，要是被捲入什麼事件可就麻煩了。」

我一臉不悅地告誡他。恐怕，我看起來比園村還激動、還不正常。

「捲入什麼事件？不可能的啦！你只是在杞人憂天。你該不會認為這案件明天就會上報，搞得人盡皆知吧？犯罪手段這麼巧妙的人，哪有可能會笨到留下證據，甚至變成刑事案件？那個被殺的男人，應該會被列為失蹤人口。警方頂多只會協尋一段時間，這件事就會被拋諸腦後了。結果一定就是這樣。哪怕我們是他們的同夥人，都不必擔心罪行會被一直追緝下去。我擔心的不是在社會上爆發，而是被那對男女盯上，若真如此，我們鐵定死無葬身之地。相較起來，這不知恐怖多少倍。所幸還沒被發現就逃出來了，現在我們絕對已經安全啦。你啥也不用擔心，性命危險已確實解除。不過接下來，我可是有很多想做的事呢！」

「有什麼事要做？今晚的事不是已到此為止了嗎？」

園村的話令我不解，於是這樣問他，並困惑地盯著他的笑臉看。

「不，離結束還早得很，後面的事才有趣呢！我要利用沒被發現這項優勢，假裝不經意地接近他們。你就見識一下我會怎麼做吧！」

「那些危險的事，你還是給我住手得好。反正你高明的偵探手腕，我已經充分領教到了。」

對他如此不理性的狂熱，與其說是驚愕，我感到更多的是憤怒。

「偵探的工作已經結束啦，接下來我要做別的事……唉呀，詳細情形上車再說。反正都這麼晚了，不如就到我家住一晚吧！」

他說著，隨即招來一輛從魚河岸方向疾駛而來的計程車。

汽車載著我們，從中央郵政局前，途經日本橋旁，再筆直穿過夜深人靜的大馬路電車軌道。

接著，園村的上半身往我這邊靠過來，說：「對了，繼續我們剛才的話題吧！」那時起，我感覺到他越來越有活力，眼裡充斥著不尋常的光輝，使我不得不承認：他就算不到完全瘋狂，但精神狀態多少有些異常。某些時候，他的神經很敏銳，有時卻又非常遲鈍。當你覺得他腦筋清楚明晰得驚人時，隨即又變成一副天真無邪的小兒態。種種跡象都顯示他實在是滿病態的。而且，肯定就是因為不正常，才有辦法精準預測出今晚的恐怖事件。

「我想做什麼，有怎樣的計畫，在接下來的談話中你自然就會得知。不過，在那之前，我想先問你今晚看到案發現場的感受如何？你一定覺得很可怕吧？但只有可怕嗎？除了可怕以外，你不覺得那女人的感覺和容貌，都挺魅惑人的嗎？」

就這樣，園村連珠砲似地提問。

然而，我的心情卻沉重到沒力氣回答。只要一想起那個刻印在腦袋深處的景象——恐怕我一輩子也無法忘記了——便像被幽靈附身一樣，只能茫然望著園村。

「……直到你從節孔看進房裡之前，一定很懷疑我的預測吧？想必你打從一開始就認定不可能會看到什麼殺人場面。是這樣沒錯吧？」

園村繼續毫不顧忌地對我說。

「昨天起你就認為我瘋了；你是帶著看顧瘋子的心態陪我走進那條小巷裡的。你心裡明明覺得困擾，表面上卻還是附和我說的話。這我可是清楚得很。不，搞不好直到現在，你都還以為我神經有問題呢！但不管我是不是瘋子，那節孔裡的場景，都是無庸置疑的事實。這一點連你也無法否定才對。而且，正因你不像我，你並沒事先預期會真的看見，所以，你的驚愕和恐懼程度肯定比我高。至少，我認為自己觀察那案件時是比你冷靜的。或許，當第一眼看到那女人膝蓋上的屍體時，我的震驚也不亞於你，然而，我震驚的原因卻和你截然不同。

……那女人還背對著我們的時候，你一定沒注意到她膝蓋上面是什麼東西吧？所以，你也不知道他們要做什麼。但我可是一開始就確信後面藏著的是一具屍體哦！還記得吧？那女人原本坐的地方離我們很近，近到幾乎快把整個洞都塞滿了。而且，我所看的那個節孔，位置大約比你的低一尺，一開始，只看得到她的背部、右肩、對面牆壁的一部分，還有金盆側邊而已。後來，她不是跪著向前移動了一、兩公尺嗎？當時你的視線好像挪開了一下，而她就是在那當下往前移的。差不多有一個榻榻米長的距離吧！但是仍然背對著我們，所以看不見她前面放的東西。不過，也正是從那時起，我們才看見了她整個背部。她的身體稍微左傾，雙手放在膝上。席地而坐的她，樣子像是在做針線活……我沒說錯吧？才看那麼一眼，我就直覺她膝蓋上面是被勒死的人頭。乍看的話似乎沒啥異狀，可是，可從她的姿態來判斷，上面放的絕非一般物品。我不確定你是否也注意到了，她把背骨和腰骨伸得直挺挺的，唯有頸部以上往前彎，那個向下俯視的姿勢似乎有點不自然。感覺她渾身活力充沛，柔軟度又好，而且穿著柔軟的和服，因此，若未十分注意，會較難發覺不自然之處。總而言之，她的膝蓋上放著某種重物，看那身形像是使盡全力在支撐著。兩隻手臂是力量集中之處；她的左右肩膀到手肘的部分都在施力。雖然她的肌肉只有微微顫動，但我卻已明顯注意到了，而且那戰慄感甚至屢屢傳到衣袖上，大幅擺動得甚至有如波浪一般。所以我才會認為那時她是在往前靠近那個被殺倒地的男子，再把屍骸的上半身，放在自己的膝蓋上，好確認對方是否已經斷氣。但為了確保無虞，又再次下手勒緊他的脖子。不然，身體怎麼可能呈現那個樣子？施力到手臂都在抖，因為她是用自己的雙手把腰帶勒緊的。就是從那時起，我注意到被她身體擋住的是一具屍體，因此，當我後來真的看見時，也就沒有特別驚訝了，反而是那個女的，讓我驚為天人。原本注意力一直放案件上的我，在看見她的那一剎那，實在是驚豔萬分。」

「嗯，我也承認她長得很美啦！」

我突然生起園村的氣來，於是語帶惡意地說：「……但是，都什麼時候了，你還在讚美她的容貌，不是很奇怪嗎？她確實是個大美女，不過，一流藝伎之中，和她一樣美的要多少有多少。你以前光顧新橋和赤坂時，沒見過和她差不多的美女嗎？」

我帶著相當程度的嘲諷說道。因為，近來園村常大放厥詞，說什麼「藝伎沒有一個美的。」然後突然就不再流連於花街柳巷了。他開始沉迷西洋電影，只有在需要解決性慾時，會直接跑去吉原⑨的小格子⑩或六區⑪的銘酒屋⑫買春。原本有段時間他一直在當火山孝子，幾乎散盡父母留下來的遺產。不知怎麼的，這陣子卻對藝伎異常反感，還頻頻在我面前說：「淺草公園銘酒屋的小姐比她們漂亮多了。」明明已經頹廢到那種程度了，今晚卻又突然讚美起那個女人，感覺不甚合理。

「是沒錯啦，假如只論臉蛋，新橋和赤坂都找得到。但我覺得她不一定是藝伎。」

園村有點狼狽地辯解。

「可是，她梳的是潰島田髮型，又打扮成那樣，準是藝伎無誤啊！至少，那種美就是藝伎式的美。不可能超出這範圍了，不是嗎？」

「哎呀，你別那麼說，先聽我把話講完嘛！我覺得若就風采和穿著的偏好那些來看，那女人的確很像藝伎。我也承認她的長相符合藝伎明信片上常見的類型。但你難道沒注意到嗎？她粗濃的眉毛到眼睛四周，散發出不可思議的感覺。表情充滿野性，既殘忍又剛毅。而且，她的嘴唇給人很冷酷的感覺，似乎有種深不可測的奸巧。從唇色和線條來看，又似乎充滿了惱恨，帶著一種抑鬱的柔美。對這些，你的看法如何？你說，有藝伎跟她一樣，充滿了這種病態的美感嗎？若把五官一個個分開來看，比她美的確實比比皆是，但是，藝伎裡找得到像她美得這麼有深度的嗎？喂，你不覺得嗎？」

「不覺得。」

我極其冷淡地回答。

「……那張臉美則美矣，卻也只是常見的類型。你可得好好想想當時的情況呀！她殺人了哦！做那麼可怕的事，不管是誰，表情一定都會很驚人。再加上她神祕莫測，會產生病態感那是當然的了。正因為她是美女，更助長了病態之美，讓她

⑨ 譯註：日本江戶時代公開允許的妓院集中地，位於現在的東京都台東區。

⑩ 譯註：江戶新吉原一帶，階級低下的妓女戶。

⑪ 譯註：指東京都淺草公園六區的風化街。

⑫ 譯註：明治時代，表面上在賣酒，實則裡面營運私娼寮的店家。

看起來鬼氣森森的。但也就僅此而已。假如你是在別的地方，例如，在藝伎宴席之類的場合看到她，應該會覺得她沒什麼特別的。」

就在我們如此談論之際，汽車已在芝公園的園村家門前停下來了。

時間已近清晨四點。短短的夏夜，天空已微微泛白。即便奔走了一夜，我們仍無意讓疲憊的身體休息，反而繼續像昨天傍晚那樣，在書房的沙發上坐下，一邊啜飲著白蘭地一邊吞雲吐霧，並且激烈地辯論著。

「話說回來，我不懂你幹麼要一直討論那女人的長相。我倒是覺得凶殺案本身更令人不解。」

我一說完，園村就把原本抵在唇邊的酒杯舉高，一仰而盡，然後放在桌上，說：

「我要去接近那女的。」

他泰半像是豁出去了似的，可是，低沉的聲音聽來又有點煩躁，接著長長喟嘆了一聲。

「又來了！你又發病了。」

我心裡想著，卻又無法忍住不說出口。

「……我不想說難聽話，但你瘋狂的行徑也該適可而止了吧！接近那個女的，不怕跟燕尾服的男子下場一樣嗎？就算你再變態，也不想被勒死，然後用藥劑溶解掉吧？不過，假如你真的不要命了，也不是不可以去接近她啦！」

「又不是去接近她就一定會被殺。一開始小心點不就成了。而且剛才已經說過了，她並不知道我們已經掌握了她的祕密，哪有可能不分青紅皂白就要殺我。而這就是最有趣的地方。」

「我看你真的有問題耶！就算沒到發瘋，也神經衰弱得很厲害了。你還是注意一點比較好。」

「嗯，謝了。你的忠告我很感謝，但你就讓我做點自己想做的事吧！最近我對任何事都失去了興趣，實在是活得索然無味。假如再不來點什麼刺激的，還真活不下去了。要是沒有今晚的事，恐怕我才會無聊到發瘋呢！」

園村說著，又連續灌了好幾杯酒，彷彿是在慶祝自己的瘋狂。平日就貪杯的他，已經有些酒精中毒，不喝酒時手甚至會抖。但三杯下肚後，隨著酒精的流竄，臉色開始發青，眼眸如深不可測的洞穴般澄澈透明，可是卻很奇妙地平靜了下來。

「假如可以確認不會被殺，要去接近她也可以——但你要如何接近她呢？你知道她的身分和際遇嗎？就算是做藝伎那行的，肯定也不是一般的藝伎。她究竟是什麼底細？從哪裡得到那種可怕的藥劑？和那個平頭男又是什麼關係？都得事先調查清楚再去比較安全。這些，至少你要聽我的勸。」

我是真的打從心底擔心起園村來了。

「嗯嗯。」

園村隨便敷衍我，從鼻腔發出這樣的聲音，笑著說：

「這個我也注意到了。那女的和平頭男的關係，我心裡大概也有個譜。現在我思考的是要用什麼手段，找怎樣的機會，才能用最自然的方式接近他們。假如像你說的，是做藝伎的，那麼，要接近她就輕而易舉了。但我總覺得不是。」

「我也沒有斷定她就是藝伎呀！我只是覺得，除了藝伎以外，很少人會做那樣的打扮。因為找不到更好的解釋了嘛。不然，你倒是說說看，不是藝伎，她究竟是何方神聖？還有，你要是有辦法，就把她的犯罪動機，特地幫死屍拍照的目的，用藥劑溶解屍體的理由，還有那個可怕的藥名，全都解釋給我聽。我對這些感到莫名不解，就像一團迷霧，幾乎無法找到合理的說明。從剛才開始，我就一直很想聽你的看法。」

我知道，上述問題恐怕會把已經不大正常的園村導向更危險之路，對他來說並非好事。然而，那個犯罪場面已熾烈煽動了我的好奇心，實在無法忍住不問。

「我也有很多地方想不通啦！不過呢，好吧，我就大致把觀察到的跟你說一下吧！」

接著，他就像老師一樣，以傳道授業的口吻，對我這個學生諄諄教誨。

「老實說，有關那些問題，我也仍在思考當中，無法明確斷案。不過，首先我可以確信那個女的不是藝伎。上次我在電影院看到她時，她梳的是時下流行的女學生髮型。而且，那時她用左手寫片假名，手指上並沒有戴今晚那只戒指。況且，剛才當我們眼睛抵著節孔往裡看時，不是有聞到衣服上傳來的甘甜香味嗎？那天我跟她的距離比今晚還要近，我的嗅覺向來又格外靈敏，但是卻什麼都沒有聞到。話雖如此，卻不代表那晚的女性和今晚這個是不同人。用藥劑溶屍以求完全湮滅證據這種重要的事，絕不可能假他人之手進行。當天晚上，從那女的和平頭男是用片假名與暗號來商量要事來看，也能判斷她和今晚的女子是同一人。由此可知，那女的會依日子和場合而更換衣著與飾品。假如她是個慣犯，就更有必要時常變裝了。有時假裝是藝伎，梳著潰島田髮型，有時又會綁辮子，做女學生打扮。假如她是藝伎，那當天晚上戴戒指也無妨，擦香水什麼的也很正常不是嗎？況且，今晚她衣服上散發出來的，絕非一般藝伎使用的香水。」

「……你知道那是什麼嗎？可不是香水哦！是最古風的高級沉香；也就是說，她今晚穿的和服是事先用伽羅薰香過的。你想想看，現在已經很少藝伎衣服用伽羅薰香了對吧！所以很顯然地，這女人的偏好非常獨特。這一點也可從搬運屍體時捲起袖子、露出左手臂上的臂環看出來。你也注意到了吧？那臂環還真漂亮！一般藝伎哪有這麼極致的品味，我甚至都覺得她太誇張了呢！梳著潰島田髮型，身穿伽羅薰香衣裳，手臂上卻戴著那樣的臂環。整體看來很突兀、很不協調不是嗎？所以呢，她不是什麼藝伎啦，就是一個酷愛標新立異的女人而已。再說，你也必須把那個被殺的燕尾服男子考慮進去。那種場合穿燕尾服，實在是詭異到了極點，因此，更把整件事帶進迷宮裡去了。不過，燕尾服和藝伎，這對照還真有點妙不是嗎？還有還有，那女的對平頭男是這麼說的吧：『可怕的東西都很美。惡魔和上帝一樣美。』一個當藝伎的說出這種話，也未免太傲慢了！再想想上次他們交換的暗號文字，假如英文是女人自己寫的，實在不像藝伎會有的水準。這麼高教育程度的女子，即便並非絕無僅有，也幾乎不大可能去當藝伎。就算有藝伎具備這等美貌與才智好了，我們也不可能至今聞所未聞呀！第一，你想想看，藝伎哪有辦法拿到那種可怕的藥劑？她不但懂得調製藥劑，後來不是還給平頭男下指令嗎？所以，根據上述種種理由，我相信她並不是藝伎。最後還有一個有力的證據能支持我的推論。那女的剛才說：『這男的太胖了，要花不少時間才能把身體溶解。無法像之前的松村先生那樣。』你記得她有這樣說吧？……對了，松村這名字，你有沒有聯想到什麼？」

「對！她說的好像就是松村。可是，我並沒有特別想到什麼……那個叫松村的究竟是什麼人？」

「差不多二個月前，報上說麴町⑬的松村子爵下落不明。你有讀到這則新聞嗎？」

「原來如此。我不大記得了，但或許讀過吧……。」

「那則新聞出現在日報和前一天的晚報上，當事者的照片也登出來了。而且晚報的記載非常詳盡，甚至收錄了他家人的談話。說他失蹤一週前左右，才漫遊歐洲回國，旅途中似乎得了憂鬱症，回到東京後，整天閉門不出，也不和任何人見面。然後，某天他突然說悶得受不了了，想出去散散心，大約會去一個月左右。不料，一出家門就人間蒸發了。

……據說子爵自稱要先去京都，再到奈良，然後去道後的溫泉。他沒有帶任何人同行，不過，府裡的管家先送他到中央車站，幫他買了到京都的火車票，並送他上車才回來。簡言之，家人認為他可能在乘車途中嚴重發病，最後就自殺了。他帶了很多旅費出門，也沒發現遺書什麼的，因此判斷是臨時起意，並非預謀好要自殺的。大約就是這樣。之後的十天，松村家日日都把子爵的照片登在報上，還提出協尋獎金，然而卻沒得到什麼有力的線索。不過，聽說他從東京出發後的第二天早上，有人在京都七條車站看見貌似子爵的紳士和一位年輕貴氣的女性相偕走出月台。然而，管家說子爵長年都在歐洲，回國後也一直足不出戶，因此社交界一個熟人都不可能有。那花柳界呢？當然也從來都不涉足。因此，說什麼與年輕貴婦同行，完全是子虛烏有的事。應該是認錯人了。據說意思就是這樣。之後過了快兩個月，既沒有子爵的任何消息，也沒看到報導說發現屍體了，所以，至今他仍生死未

⑬ 譯註：位於東京都千代田區。

ト。之前讀到那篇新聞時，其實我並沒特別在意。但是，剛剛從那女的口中聽到『松村先生』這個名字時，我直覺認為就是他；被女人殺死的松村先生，該不會就是子爵吧？嗯，一定是的，對，是他沒錯……聽到了吧，你也仔細想想：從東京到京都這段期間，子爵是生死不明的。要是在抵達京都之前就發生變故了，一定不可能不被發現才對。所以，在抵達京都前，肯定都安然無恙。若真有不測，也是到了京都之後才發生的。況且，有人說在京都的七條站見過他，之後卻沒人在任何一個車站或旅館發現他的蹤跡。可見他一定是在京都自殺或被殺的。自殺也好，他殺也罷，假如用的是一般方法，而且是在京都市內執行的，那麼，屍體不可能到現在還沒被發現。……懂嗎？因此，我是這樣想的：剛才那女的不是指著燕尾服男子說：『這男的很胖，和松村先生不一樣』嗎？這樣就知道被殺的那個名叫松村的男人是個瘦子。而松村子爵的照片看來確實非常瘦。

……而且，女的稱呼松村其人為『松村先生』。特別加了先生兩字，除了顯示她和這男人關係並不親密，就某種意義來說，也可想成是在表達敬意。例如，當我們在稱呼某個與自己毫無關連的人時，一般都只會說某某人而不加敬稱。不過，若為社交界名人或華族⑭，基本上，都會說某某先生或女士。女人特地稱他為松村先生，一則，可能因為松村是華族，另外就是自己與他不熟吧！假如是她的情夫或丈夫，總之，殺掉的是與她關係親近的人，不可能會加上先生這個敬稱，而會說『松村那傢伙』或是『松村那混蛋』才對。當然，單單以這個理由，就推定被殺的松村和松村子爵是同一個人，或許有點急躁，不過，這裡還有一個有力的根據，足以增強如此的推斷。也就是傳聞說的：獨自離開東京的子爵抵達七條車站時，和一個年輕女性在一起一事。子爵家的管家用子爵並沒和任何類型的女性來往為由，否定了這個說法。但假如那女性是在火車上才和子爵熟稔起來的呢？從不喜社交的子爵生平來推論，或許可說絕無可能。不過，那女的很狡猾，倘若一開始就想籠絡他，以巧妙、耍心機的手段接近子爵，你想，憑她曼妙的身段，嬌美的容顏，或許子爵就

⑭ 譯註：明治維新後至《日本國憲法》頒布前的貴族階級。於一九四七年五月三日全面廢除。

因此卸下心防了也說不定。聽說子爵身上帶了不少旅費，可能女的從東京就盯上他了，目的是拐走他的錢。所以我才會認為那個貴婦就是昨晚的女人。子爵一定是在京都某處被她殺掉，然後毀屍滅跡了。」

「你的意思是說，那女的就是專門在火車上犯案的詐騙份子囉？」

「嗯，就是這意思。子爵至今下落不明，因此，最自然的推論就是：那女的殺掉又用藥劑溶解的，正是松村子爵本尊。而且，假如兩人並非舊識，那麼很有可能就是因為身懷鉅款才喪命的。那女的應該是騙子無誤，但卻不是一般的騙子，而是某大型詐騙集團的成員。這次應該是在業餘時間犯案的。以上是我認為最正確的推論。她在東京和上方⑮都持續犯案。那種藥劑和裝置了西式浴缸的屋子，京都那裡一定也有。這犯罪集團作案的範圍，肯定橫跨了東海道的兩端。他們頻頻交換暗號，幹盡各種惡劣的勾當。」

「有道理。聽了你的說明，我越來越覺得你的觀察是正確的。」

我如此回應，進一步問他：「那麼，今晚被殺的燕尾服男子，應該也是華族之類的囉？」

老實說，不知不覺之間，我對園村的偵探能力已經佩服得五體投地，忍不住要把所有疑惑都問個一清二楚。

「不，他不是華族。根據我的想像，今晚的命案和松村子爵的情況大相逕庭。」

園村說，一邊從椅子上站了起來，打開洋房東側的窗子，讓清晨涼爽的冷空氣，進入因香菸煙霧而悶熱不已的室內。

「基於某種理由，我認為今晚的男人是那群壞蛋的成員之一。」

園村說。隨即又走回原本的座位，仔細看著因困惑而不停眨眼的我。

「從那天看電影的情況來判斷，那男的應該是女人的情夫或丈夫。或許你是因為看到燕尾服，而以為他是貴族吧！但你覺得穿燕尾服的貴族會到今晚那種骯髒的

⑮ 譯註：江戶時代以京都、大阪為中心之稱。廣義來說，也指近畿地方。

小巷子裡來嗎？倒不如說，他是假扮貴族出席某晚會，結束後回到自家住處的惡棍，這樣可能比較接近事實吧！假如那男的是女人的情夫，除了做此解釋也就別無他法了。特別在剛才拍照時，女的不是說嗎：『肚子怎麼這麼大呀？大概有七、八十公斤吧！』。『大概有七、八十公斤』這句話已充分說明了他們兩人的關係。」

「嗯，我覺得這一點你應該也說中了。看來應該是女人愛上了平頭男，覺得那男的礙事，就把他殺了吧？」

「這個嘛……照理說很可能是這樣，但又得有些地方不合邏輯。你也看到了吧，屍體放進浴缸後，平頭男好像是先幫女的鋪了床，再到隔壁去鋪他自己的對吧？而且，男的自始至終都像在服從女人的命令，還叫她『姊姊』不是嗎？若彼此是戀愛關係，那兩人的互動看起來就有些不合理。更奇怪的是照片。甚至必須用藥劑溶屍，也想要毀屍滅跡，那又為何要拍照？照理說，親自下手殺掉的男人，應該是連做夢看了也會怕的，那麼，究竟有何必要這麼做呢？總而言之，這個兇殺案實在很不尋常，或許原因正隱藏在意想不到之處。」

「隱藏在意想不到之處？照你的意思，比如說是什麼？」

「比如說——嗯，這只是我的天外奇想啦——那女的該不會有什麼異常性慾，必須透過殺人，才能得到祕密快感吧？所以，即便沒有很大的必要，也會因為想殺而殺。若仔細想想她的行為，會發現這個可能性很高。你看哦，子爵也不過是在火車上接近的人，就被她動手殺掉了。這案子或許屬於殺人劫財，毀屍滅跡的類型。但是，他身上帶的錢不過就是旅費嘛，具體金額有多少我是不清楚啦，但至多不會超過一千日幣吧！只為了偷那麼一點錢，不必取他性命，應該也能得手不是嗎？例如，用麻醉藥迷昏他啦，或假借同夥男人之手啦！像她這種狠角色，要湮滅證據的方法可多了。而且，她的行兇手段還真罕見；先引誘子爵到京都市區，再帶到他們的巢穴，然後，殺掉了再用藥劑溶解。還真是不厭其煩。至於昨晚的兇案，那就更特別了，既不是為了錢財，又不大像是感情糾紛。燕尾服男子幾乎就是這樣，無意義地被殺害溶屍了。而且他們還大費周章地替屍體拍照。光就這一點來看，就知道這女的癖好極其變態是吧！我在想，子爵的屍體恐怕也被拍成照片了！不，再進一步想像，或許至今她已用相同手段殺了不少男人，而且悉數拍照了呢！或許看著這些死在自己石榴裙下的男人，就好比近距離接觸心愛的戀人一樣，能夠滿足她暴虐的心……。至少我們很難說世上不存在這種變態性慾的女人。」

「我也不是不能想像有那種女人的存在啦，但若要說燕尾服男子是她慾望下的犧牲品，我覺得還必須有其他理由才能成立。就算她是你說的那種變態性慾的女人好了，但也不可能見一個殺一個吧！例如那個平頭男就沒被殺，死的是那個穿燕尾服的呀，這又是什麼道理呢？」

「是這樣子的——燕尾服男子既然是她的情夫，大概也是這個惡棍集團的首腦吧！換言之，她的興趣是殺掉比自己有權勢、具有特殊性的人。平頭男是他們底下的小嘍囉，要殺要剮隨時都可以動手。但犧牲那種人沒什麼樂趣可言。她會盯上松村子爵，一定是因為上流貴族的身分引發了她的好奇心。再說，殺掉團長還有另一個好處，就是自己可以取而代之，當上首腦。你看，那個平頭男不是一直遵照她這個女團長的指揮做事嗎？」

「確實有理。」

我對園村的說明佩服之至，接著說：

「這樣，謎團似乎就解開了……也就是說那個女的是殺人魔囉！」

「可怕的殺人魔。沒錯！但同時也是美魔女。而且，在我的腦袋裡，她的可怕只存在理論上，其實更突出的是她的美。回想昨晚的景象，我也只有這樣的感覺，就是：她真是個奇異的美人。世上真有如此冶豔的女子嗎？我們透過節孔所看到的，確實是兇殺案沒錯，但是我的記憶裡，卻沒有絲毫恐怖、血腥的印象。固然有人被殺了，卻沒流一滴血，沒打一場架，甚至，連些微的呻吟都沒有聽到。那場罪行，既神祕、又性感，宛如溫柔的戀人絮語。我一點驚悚的感覺都沒有，反而像是在欣賞一幅目眩神迷、色彩繽紛的繪畫。『可怕的東西都很美，惡魔和上帝一樣美。』她的話形容的不僅是那寶玉色的藥劑，也是在她講自己。我不禁感到她正是活生生的偵探小說女主角，是真正的惡魔化身，是長久以來在我妄想世界裡築巢的鬼魂。我熱戀已久的幻影如今化身成人，要來安慰我孤獨的靈魂了。她應該是為了我，為了與我邂逅，才存在於這個世界上的吧！我甚至認為，昨晚的罪行或許就是為了讓我看到，才故意發生的呢！所以，不管要付出多大代價，即便賭上我的性命也罷，我都要去和她見面。接下來，我會盡全力找到她，接近她。……你擔心我，我銘感在心，但是，你什麼都不必說了，就讓我任性去做我想做的事吧！之前也和你講過，我的目的並非找出她的祕密，而是因為我愛她，或說我崇拜她，這樣比較精確。」

園村說完後，雙手放在腦後，往椅背後方大大伸展了一下，一邊閉目沉思。

人家都已經說成這樣了，我再也找不出什麼話來勸他。況且，我連開口的力氣都沒了，便也身體後仰，靠在椅背上沉默不語。不久，醉意升起，加重了已瀰漫全身的疲勞。於是，我們兩個就像被綿軟而舒服的雲朵包覆住，陷入朦朧睡意中。在半夢半醒之間，我想，或許我可以就這樣睡上兩、三天吧……。

那樁兇殺案發生後，我在園村家昏睡了一整天，直到三更半夜才回到自己位於小石川的家。心急如焚的妻子一見到我，劈頭就問：

「園村先生怎麼樣了？確定發瘋了嗎？」

「還不到發瘋的程度，但是非常亢奮。」

「那昨天到底是怎麼一回事呢？還說什麼凶殺案的，是不是誤會了呀？」

「他已經不大正常了，所以是不是誤會，我也不清楚。」

「但後來你們不是去水天宮附近了嗎？」

我聽了霎時有點驚訝，卻故作平淡地說：

「沒有啦，後來我好說歹說地，把他送回芝公園的家了。誰會那麼蠢，三更半夜跑去水天宮那種地方呀！而且假如真有凶殺案，一定已經上報了不是嗎？」

「說的也是。但奇怪的是，他為何會有那種想法呢？不正常的人還真令人不解。」

妻子只說了這些，也似乎沒再起疑了。

相隔一天，我再度躺在自家的床上，試圖把昨天的事回想一遍。整件事的開端是昨天上午，當我正在趕約定好要交的稿子時，接到園村打來的電話。如果當時是在作夢，那麼，夢與現實的接點就是那通電話打來的時間；我就是從那時起，逐漸被帶入迷宮裡去的。假如園村的瘋狂傳染到我身上，肯定也就是從那時開始的。我應該是從那裡誤解了什麼吧，然後這誤解變成了事實。……若真如此，我又是從哪裡開始弄錯的呢？

然而，即便想破了頭，我還是找不出問題所在。昨夜我看到的，顯然是千真萬確的事。午夜一點過後，我親眼目睹了水天宮後方的凶殺案。就算有人罵我是瘋子，我也無法否認這個事實。而園村對該事件所下的推斷是否大致正確？對案件的性質、那女人、平頭男、燕尾服男子，以及與此相關的諸多推論，是否也所言得當？——以上種種，既然我無法提出反證擊破他的說法，就必須同意其正確性。

就這樣，我的不安與疑惑持續了五、六天。其間有兩、三次跑到他家去找他，卻都撲了空。家裡的人也困惑地說，他看起來好像有重要的事情，最近每天都早出晚歸。

剛好滿一週的那天我又去找他，沒想到這次他竟然在家，而且還很開心地來玄關接我，說：

「唉呀！你來得正好。」

隨即又突然降低音量：

「現在，那女的正在我書房裡。」

他看起來很開心，這句話是附在我耳邊說的。

「那個女的？」

我只說了這幾個字，就愣住無法言語。本來，我就想過他該不會已經……沒想到他還真釣上了她。不，或許是被她釣上了也未可知。

他興沖沖地說要介紹我們認識。

「沒錯，那女的來了。這五、六天我都不在家，一直在水天宮附近徘徊，想找機會接近她，沒想到這麼快就成真了。我是用什麼方法、怎樣的順序和她熟悉起來的，以後有機會時再仔細說給你聽。總之，你也見見她如何？」

他看我有點猶豫的樣子，就笑我膽小，說：

「就見一見嘛！不會有危險的，只是見個面，不要緊。」

「在你的書房裡見面，或許沒什麼危險，但要是變得越來越熟的話……」

「熟了不是很好嗎？而且，她和我已經是朋友了。」

「你想跟她來往，我要阻止你也沒有用。但是，你這種癖好，我可是敬謝不敏哦！」

「我是特地請她來我家的耶……不管怎樣，你就是不想見囉？」

「其實我也很好奇，想見她一見。但是，我不太想被正式介紹耶。假如可以，你讓我躲起來暗中看看就好，怎麼樣？在你的書房裡不方便，可以帶我去和室那邊嗎？那樣，我就能透過庭院的植栽偷看她。」

「哦，是嗎？好吧，那就照你的意思。我會故意在靠近客廳的走廊上聊天，你就蹲在矮牆後面，那樣比較容易看到。在那邊應該連說話聲都能聽見。假如你看了改變主意，我隨時都可以介紹你們認識。你叫女傭過來轉達就是了。」

「嗯嗯，多謝。但應該沒必要——」

話說到一半，我突然擔心起一件事，便一把抓住園村的手，向他確認。

「你該不會把我們知道她的祕密這件事告訴她了吧？或許你被她殺掉也心甘情願，但我可不想被拉去陪葬哦！」

「放心，我心裡有數。她做夢也想不到我們看到了。以後當然也不會說的。」

「那就好。真的要小心哪！你千萬不要忘記，那不僅是她的祕密，也是我們之間的祕密。此事關乎我們兩人的性命安全，你沒有權力擅自把它說出去哦。」

我實在是很擔心，便故意嚴肅地告誡他不可輕舉妄動。

於是，那天我就躲在庭院的圍牆後面，再度偷看到她了。過程沒必要在此嘮叨詳述，只要附加說明以下幾點即可。首先，她確實是那天晚上的女人。那天的髮型梳了劉海，穿著比較像女明星。此外，手臂上依然戴著那個閃亮的臂環。最後就是美貌和從節孔中看到的別無二致。

園村似乎已經和她相當熟稔了。聽說是兩、三天前才在淺草的清遊軒球場認識的，還說什麼她大概可以打一百球。

「我的身世是祕密，不能告訴任何人。請你用這種心態和我交往。」

據說她對園村開出這個條件，才開始交往的。園村一一在心裡確認自己先前的推斷，同時又表現出對她的住處與境遇等一無所知的樣子，每日每夜和她在東京市內各地的酒吧、餐廳、旅館等地會合。昨天兩人在新橋車站碰面後，去箱根的溫泉住了一晚，早上才回來，然後就直接把她帶到自己芝公園的家來了。

※

就這樣，日復一日，園村和纓子——她這樣自稱——的關係似乎越來越密切了。我偶爾過去，他家也幾乎都唱空城計。我也經常看到他們或相偕開車兜風，或在劇場預定包廂，或牽手在銀座街頭散步。每一次她的裝扮都不同；有時在皺綢浴衣外面罩著短外褂，有時頭上梳著女優髮髻，身披斗篷，有時則穿著白色亞麻洋裝，腳上蹬著高跟鞋。任何打扮都不減她的美麗。問題是她的表情，有時看來卻判若兩人。

大約在他們變成那種關係一個月後吧，某日，意外地發現一件令我瞠目結舌的事。那就是，不知從何時起，除了纓子以外，連那個平頭男竟然也來到園村身邊了。目睹此事是在三越的陳列場。當時，我去那裡看展，正好碰見了帶著纓子和那男人的園村，意氣風發地從三樓階梯走下來。這段期間，園村好像也避著我似的，因此，當我看到這一幕時簡直嚇得呆若木雞，根本無法開口和他寒暄。那個平頭男看起來很滑稽，穿著大學生制服，畢恭畢敬地跟在兩人後面，就像陪伴著主人的書僮一樣。

「連那男的都來了，不知園村下場會怎樣？我看事情恐怕已經不好收拾了。」

我這麼想，決定這次一定要阻止他繼續發瘋下去。因此，隔天一早就衝去他山上的家。不料，讓我更驚駭的事還在後面：出來玄關應門的，竟然是那個平頭男！！

這次他身穿久留米的白色碎花上衣和一條小倉褲裙。問他主人在否，只見他恭謹地雙手扶地，親切卻卑賤地笑著說：

「主人是在家的。」

園村靠在書房的桌上，心情看來極其鬱悶。為了不讓別人聽到，我刻意把門關緊，然後快步走向他，激烈地質問道：

「喂，怎麼連那個平頭男都到你家來了？這到底是怎麼一回事？」

「嗯。」

園村只應了一聲，就一直斜眼盯著我瞧，臉色還越來越難看。或許他惱羞成怒了，才故意裝出兇惡的表情吧！

「你一句話都不說，我怎麼會知道？他看起來像是用書生身分住進來的，應該不是真的吧？」

只見園村懶洋洋地咕噥著，過了好一會兒，才不情願地回答：

「還不確定啦……說什麼沒錢繳學費，所以我暫時讓他在這裡住一陣子。」
「沒錢繳學費？意思是那男的在某處上學囉？」
「據說是法科大學的學生。」
「人家這麼說你就信啦？有確認過他是不是法科大學的學生嗎？」
我趁勝追擊地問。
「是真是假我不清楚。反正，他就是穿著法科大學的制服走在街上。他是纓子的親戚。纓子介紹時說是她表弟，我就以她親戚的身分來對待。」
園村氣定神閒地回答，看起來反而對我有所不滿，覺得我很囉嗦，只差沒說出「有什麼好大驚小怪的」而已。但因為實在令我始料未及，以致瞠目結舌，因此，一時半刻也只能茫然地望著他，許久，才找回自己的聲音，說：
「你這麼靠不住，我很困擾耶！」
說完，便朝他的背部拍了一下。
「你說這些，該不會是認真的吧？他們講的話，你怎能句句都信呢？」

「人家都這麼說了，相信又有何不可？已經沒必要再刻意懷疑他們的身分了吧！既然決定要來往了，缺乏這點覺悟是不行的。」

「就算不用特別去懷疑他們，但你又不是不知道他們所到之處有多危險。既然你已愛上纓子，那也就沒辦法了，不過，至少不要接近那個男的吧！這是理所當然的不是嗎？」

我振振有辭地說。園村又把臉撇開，沉默不語。

「喂，我跟你說，今天，我是帶著最後的忠告來的。上次看見你帶那個男的去三越。或許是我好管閒事吧，但實在無法不管你。假如你把我當作世上唯一的好友，至少請你遠離那個男的。」

「我也知道他很危險，但纓子再三拜託我照顧他……我已經沒辦法不聽纓子的話了。」

園村說。他像在乞求我的憐憫似的，視線朝下，頸項低垂。

「或許你無所謂吧，但就像我之前說的，假如你輕舉妄動，最後也會陷我於危險之中，到那時我就無法繼續沉默了。萬不得已時有可能去報警。這個你要有心理準備。」

我故作生氣的樣子，怎知他卻絲毫不顯狼狽，一派輕鬆地應答：

「他們那麼高明，就算你去報警，警察也抓不到他們。反而還會讓我們被他們憎恨唷，這樣你不是更傷腦筋嗎？唉呀，這件事你就別管了。真的沒什麼好擔心的。別看我這樣，我也是要命的，不會亂講話的啦！」

「不管我怎麼勸，你都不會聽了，對吧？那麼，為了自保，以後我只能盡量不接近你了。不過我想這點小事你應該也無所謂了吧！」

「嗯，事到如今，似乎也沒有辦法了。」

話都說成這樣了，園村還是不痛不癢，只有眼神偶爾瞥向我，彷彿暗示著：為了戀愛，我連命都可以不要，何況只是區區一個朋友。

「好吧！既然如此，那我要走了。反正我對你而言已經沒有用處了。」

說完，我立刻快步走出房門。他絲毫沒有留我的意思，仍悠哉地坐在椅子上，看著我離開。

※

就這樣，我和園村絕交了。但他那個人，向來說是風就是雨的，也許過不了多久又會感到寂寞，講一大堆理由來向我道歉吧！他一定很後悔惹我生氣——我這麼想著，但卻換來一個月的空等；這段期間，他不但沒打半通電話，也沒寫一封信來。當時他陷入進退兩難的困境，或許惱羞成怒了吧。而我，也不是真心想要疏遠他。因此，看他這樣音訊全無，我反而擔心得不得了。

「搞不好園村被殺了吧？就跟那個燕尾服男子的下場一樣……不然怎麼可能一直對我不理不睬的？」

我對此事一直異常擔憂。同時，在友情之外，也有幾分好奇心在作祟。那個自稱纓子的女人和平頭男後來怎麼了？他們神祕的內幕，園村是否也略知一二？

讓我望眼欲穿的園村，九月上旬終於給我來信了。

「哼！看來他終究還是忍不住了。」

突然間，我覺得他那人還是挺可愛的。於是連忙把信拆開。不料，才看了第一行，就立刻慘白了臉，因為上面竟然寫著——「請把這封信當作我的遺書。」

「請把這封信當作我的遺書。我猜，很快地，甚至是今晚，纓子就會殺我了。他們應該會用上次那個方法取我的性命——這不僅是我無法逃脫的命運，老實說，我也沒那麼想逃。總之，你只要想我快死了就對了。

我這麼說，你應該會很訝異吧？你可能會用憐憫的態度取笑我、感慨我的怪癖和狂熱，竟然嚴重到這種地步。唯獨憎恨我一事——假如你已經開始恨的話——請你再重新想想。希望你不要認為我飛蛾撲火般的癖好，只是單純的癖好而已。上次，我對你非常失禮。你因為我惡劣的態度和我絕交，確實是我罪有應得。但老實說，當時我就有心理準備了：為了我深深迷戀的纓子，即使失去你這唯一的好友，也在所不惜。我甚至感到厭煩，覺得你幹麼這麼**多管閒事**？最好以後都不要來找我了。我是故意氣你的。既然連死都不惋惜了，哪有餘力去遺憾你我之間的友誼？這一切都是我瘋狂愛戀的結果，請你不要見怪。你對我的個性瞭若指掌，所以，我堅信你已原諒我當時的無禮了。你向來富有同理心和同情心，對於今晚即將離世的我，應該只會憐憫，不會怨恨吧！這樣，我也就能安心地死去了。

但是，為了消除你無謂的擔憂，臨終前我有義務對你說明為何我必死無疑，還有，事情何以會發展到這種地步。除了善盡對你的義務，我也要透過這封信，把我的後事委託給你這位摯友。

後來的經過，要詳細寫的話會沒完沒了，所以我簡單記錄一下就好，其餘的就靠你自己去推測了。——他們想殺我，第一個理由是因為我的存在對纓子來說，除了妨礙以外，已經沒有任何愉快或利益了。也就是說，我的全部財產都被她拐走了。想來，她之所以願意和我親近，一開始就是為了我的家產吧！

……即使我很清楚這一點，還是無法不愛她。第二個他們非殺我不可的理由，也是最大的動機，應該是因為我知道他們越來越多的祕密了。他們為了自保，是絕不可能讓我活命的。

至於我是怎麼察覺出他們計畫要殺我的，在此沒有時間詳述，你只要看了附在信封裡的那張暗號就會明白。我是昨晚撿到的，那紙條就掉在我家院子靠近走廊的地方。它無疑是纓子和平頭男交換的祕密通信。這次，他們也用符號來討論暗殺我的計畫。用上次的方法翻譯，意思你就能立刻明白。總之，今晚十二點五十分，他們要在上次那裡，用同樣的手法把我幹掉。被她勒死之後，恐怕我的屍體也會被拍照，再丟進那個裝滿藥劑的桶子裡去吧！因此，明天早上，我的肉體就會從地球上消失得無影無蹤了。其實想想，這種死法會比中風猝死或被砲彈炸成粉末愉快多了。更何況，是我自己心甘情願把性命奉獻給對方的。這麼說絕不誇張；能用這種方式結束一生，我實在是太幸福了。

不過，纓子打算怎樣把我帶去水天宮後面，有關這一點，我還不大清楚。尤其，今晚我們約好了要一起去帝國劇場。或許她會在回程時，想辦法把我騙過去吧？我的推測大概就是這樣子。

其實一開始我純粹只是想要接近她而已，如今，這癡迷已發展到無法不為她而死的地步了。假如我還想活命，今晚的命運應該也不是沒有辦法逃脫。但是，我卻一點也不想那樣做。況且，一旦被他們盯上了，就算逃得了今晚，也逃不了明天。總而言之，今晚的命運是我長久以來所期待的結果。

為了讓你安心，有件事我想特別跟你說一下：雖然他們似乎意識到我已得知一部分的祕密了，但是，應該還沒發現我們兩個那天晚上偷看，以及我撿到暗號紙條，並理解意思的事。至少，應該連想都沒想到除了我以外，連你也知道他們的祕密。因此，我被殺以後，只要你不主動揭發他們的罪行，那麼你永遠都是安全的。希望你能把這封信裡的暗號紙片，當作對我的紀念，永遠祕藏在身邊。不過，你千萬別輕舉妄動，想拿它去當作揭密的證據。而為了顧及你的安全，我到死也不會說出偷看的事。自始至終，我都希望纓子認為我是心甘情願死在她的石榴裙下，死在她的計謀底下的。做為一個迷戀她、崇拜她的人，這正是我對她最大的體貼與忠誠。

至於我要拜託你的，別無其他，只希望你今晚十二點五十分，再到水天宮後面的小巷去一次，像上次那晚一樣，偷偷從窗戶的節孔中看著我死掉好嗎？我想請你暗中觀察我這個人到底是如何從世上消失的。前面也說過，我被纓子拐走了所有的財產，已經一文不名了。況且我膝下無子，就算有錢，也沒人能夠繼承遺產。此外，我又不像你，在藝術上有足以流傳後世的著作。再加上要是被藥水溶解掉了，那麼，我曾存在於世的痕跡，也就半點不剩了。我曾活過的事實只會留在你的記憶裡。想到這裡，就覺得很寂寞。因此，我想用更深刻的方式，把有關我的記憶留在你的腦海裡。而請你來看我是怎麼死的，將會是達到這個願望最好的方法。你若願意從節孔中目睹我的亡命時刻，那麼，我也就死而無憾了。一直以來，我都任性妄為，給你添了不少麻煩，死到臨頭還要拜託你這麼沉重的事，你應該會覺得我實在自私到一個境界了吧！但即便如此，還是要請你勉為其難，就當作是我們之間的某種因緣吧，請你務必答應這個請求才好。

我本來想在死前見你最後一面，但是，最近他們兩個一直纏著我，連要寫這封信都搞得千辛萬苦。現在我最擔心的是，不知這封信能否在今天之內送達你手中？另外，就是今晚十二點五十分，你會不會來看我？

還有一個重要的請求，就是請不要有想救我的念頭。我祈禱自己能死在她的手下，絕非出於好勝的心態。你若為了救我而無謂地奔走、干涉，即使那是出於友誼也罷，我反而會無法不怨恨你。或許那時，我就會真的跟你絕交。因為既然不了解我的真性情，也就沒必要繼續來往了。」

園村的信到這裡戛然而止。這封信抵達我家，正好是當天的傍晚時分。

至於我那天後來怎麼了？為了救他於危急存亡之中，是否不顧他懇切的拜託，把那惡棍集團的事報警了呢？又或者我應允了他的請求，從頭到尾都盡了他唯一一個朋友的義務？——當然，除了後者，我沒有別的選擇。

終究，我還是沒有勇氣把那天從節孔中看到的景象在這裡詳述。就算同是殺人慘案，但之前只不過是一個與我毫不相干的燕尾服男子，但這次我被迫看的，卻是摯友遇害的慘狀。所以叫我如何能冷靜而仔細地描寫出來呢？

上次被園村拖著穿梭在昏暗小巷裡的我，已經忘記那間房子的所在了。因此，這次我一直在那附近的巷弄間徘徊，大約花了一個小時，直到快十二點五十分，也就是比約定時間早個五、六分鐘，才找到確切的地點。毋須贅言，那個魚鱗印記當晚也標記在門前。要是沒有那個符號，恐怕到頭來我還是找不到的。就這樣，我從頭到尾目睹了他被那個女的勒死、拍照、丟進浴缸的情景，毫無遺漏地。更有甚者，上次行兇時全都背對我們進行，但這次彷彿是為了供我觀賞似地，加害者與受害人都面向節孔這邊。園村的眼睛，直到死後都還一直瞪著節孔後面的我。

他的脖子被皺綢細腰帶勒住，死前瘋狂地掙扎。快斷氣的瞬間，發出沉重、痛苦，悲傷至極的哀鳴。然而，與此同時，妝點著纓子粉頰的卻是嫣然笑靨。平頭男的白眼珠也流轉著殘佞的嘲笑。這些景象究竟使我多麼驚駭，也只能任憑讀者諸君想像了。

屍體的攝影、藥劑的調合，一切的一切都和上次進行的步驟如出一轍。最後，當他悽慘的屍體泡入西洋浴缸時，纓子說：

「這傢伙也跟松村先生一樣，瘦瘦的，要溶解掉不費工夫呢！」

「說起來這男的還真幸福；能死在自己心愛女人的手上，也算宿願得償了。」

平頭男說著，低聲冷笑。

等到室內熄了燈，我才躡手躡腳地離開小巷，踩著茫然失措的腳步，從人形町大道走往馬喰町方向。

「這樣就結束了嗎？那個名叫園村的人，就這樣子完了嗎？」

想到這裡，與其說悲傷，我更感到荒謬與不可置信。平時就任性、乖僻的他，連死法也如此這般的扭曲。一個人狂熱到這種地步，也只能用壯烈來形容了。

事件過後的第二天早上，有人寄了一張照片給我。打開一看，拍的正是前天晚上遇害的園村遺容。當然，寄件者並沒有署名。

照片的背面是陌生的筆跡，像這樣寫得落落長——

「聽說閣下是園村的好友，於是把這張照片寄給你做紀念。或許你對園村下落不明一事已略有耳聞。如今看了這張聳人的照片，之前的傳言也就昭然若揭了。總之，園村已於某月、某日、某地死於非命了。

另外，園村委託我們向你交代遺言：在他位於芝山上家裡的書房抽屜內，仍有若干財物，請閣下自由取用。這是他在覺悟自身命運已無可迴避時所遺留的話，因此，我們也據實轉達。

在此補充一句：我們信賴閣下的人格；只要不違背這個信賴，我們也絕不會做出任何讓你困擾的事。」

讀到這裡，我悄悄把照片收進小文具箱的底部，然後牢牢鎖上。隨即，立刻往園村家去。

然而，你們猜怎麼樣？今天出來玄關應門的，仍然是那個書生身分的平頭男，而且我什麼都還沒說，他就速速把我帶進書房裡去了。

結果，坐在書房中央安樂椅上的，居然是前天晚上就已遇害身亡的園村？他正好整以暇地吞雲吐霧。我先是大吃一驚，但立刻就恍然大悟，喝斥道：

「畜生！你這個王八蛋，竟然騙了我這麼久。」

說完立刻快步衝到他身旁。

「你在搞什麼鬼？到底怎麼回事？所以，這一切都是謊言囉？我不知道被騙，擔心死啦！」

我死盯著他，像是要把他的臉盯出個洞來。可是，很奇妙，換作別人我肯定氣炸了，但因對方是園村，便也無法真的生他的氣。

園村凝視著遠方，幽幽地說，

「唉，真是抱歉。」

他的表情還是一貫的抑鬱，絲毫沒有「哈，我把你騙慘了吧」的得意狀。

「你確實被騙了，但這件事一開始不是我騙你，前半段是我被纓子騙，後半段才是你被我騙。而且，我騙你絕不是出於一時好玩，這點務必請你諒解。」

有關理由，他是這樣說的——

纓子原本是某劇團的女演員，對自身的美貌與才智甚為自豪。她不僅天生就很悖德，在性慾上又有殘忍的特質，因此不久就開始被劇團的人排斥。後來她加入不良少年的集團。在這個階段，專門以有錢人為詐騙對象。有個名為S的少年，曾在園村家當書生，墮落之後認識了纓子，於是，纓子便時常從S口中聽到有關園村的事。園村有錢又有閒，一直在搜尋獨特的女子，是個有著怪異癖好的男人。雖然有點陰鬱難搞，但因生性瘋狂，只要是自己迷戀上的女人，別說全部財產了，連性命都可以不要。以妳的才智和美色，一定能成功把他騙到手。我有妙計可以教妳，讓他對妳一見鍾情。妳務必要試試看——S如此慫恿纓子。

從最初在電影院撿到暗號紙條，到水天宮後、長屋裡的燕尾服男子殺人事件，全都是S的鬼點子；纓子和她的同夥是特地引誘園村來看節孔兇殺案的。暗號文字的內容，也是S以好玩的心態構想出來的。為了讓園村撿到，平頭男故意把紙條丟在那裡。溶解人體的藍紫色藥劑，當然也是無稽的騙局。至於燕尾服男子，只是做出被殺的假象。而松村先生什麼的，只是纓子碰巧在報上看到松村子爵事件，藉機巧妙運用而已。就這樣，熟知園村興趣與癖好的S，策略成功地奏效了，讓他一下就拜倒在纓子的石榴裙下。

到此為止是纓子騙園村，接下來，就是我被他騙了。他和纓子熟了以後，很快就察覺自己被騙的事實。但是，纓子喜歡欺騙男人這一點，毋寧讓他喜不自勝。也就是說，纓子的癖好竟能瘋狂到這地步，比起自己簡直有過之而無不及。讓他對纓子的迷戀更加狂熱。就算知道受騙了，他仍不覺得那晚從節孔中看到的光景是假的。甚至希望自己也能像燕尾服男子一樣死在纓子手裡。如此的願望，開始在他心頭波濤洶湧。

他讓纓子任意擺布，無論錢財或物質，全都有求必應。最後，還熱切懇求她：

「我所有的財產都可以給妳，只求妳用上次那種方法，親手把我殺掉。這是我對妳唯一的要求。」但是，纓子這個不良少女就算再變態，也不可能答應如此荒謬的事。

「那至少請妳假裝把我殺掉，因為我想讓朋友看我被妳殺死的景象。」

園村如此拜託。園村會想這麼做，應該不只是出於好奇，還有他那獨特、異常的性慾衝動吧！

「說到這裡，你大概能明白了吧？我並非以騙你為樂。其實，我想盡可能和你一樣，真切感受園村這個人被她殺掉的事實。我認為只要你把眼睛放到那個節孔上，就能確實體驗那晚的氛圍與光景。而假如纓子願意的話，我隨時都可以為她死。」

園村說。

此時，門外傳來穿著拖鞋的輕快腳步聲。進來的是纓子。她手上撥弄著恐怖惡作劇的皺綢腰帶，一個快步站到兩個男人之間，一副要他們介紹給我認識似的，大方地嫣然一笑。

谷崎潤一郎年表

一八八六年　明治十九年

生於東京市日本橋區蠣殼町二丁目十四番地（現東京都中央區日本橋人形町一丁目七番地）。長男。父‧谷崎倉五郎，母‧関。

一八八九年　明治二十二年　四歲

父親經營的日本點燈會社，因營運困難轉手他人。

一八九〇年　明治二十三年　五歲

父親開始經營稻米穀物買賣。弟弟精二出生。

一八九二年　明治二十五年　六歲

進入日本橋阪本小學校尋常科就讀（提早一年入學）。

一八九三年　明治二十六年　七歲

因上課出席日數不足，重讀一年級。後以第一名升級。與笹沼源之助認識，成為終生好友。笹沼為日本第一家「高級」中華料理店偕樂園繼承人。

一八九四年　明治二十七年　八歲

六月二十日發生明治東京地震，自宅受災，因此產生地震恐懼症（於《「九月一日」前夜之事》中自曝罹患該症）。

一八九七年　明治三十年　十一歲

畢業於同小學尋常科，進入高等科就讀。受稻葉清吉老師影響，展開文學啟蒙之路。

一八九八年　明治三十一年　十二歲

與學長、同學等，共同編輯回覽雜誌《學生俱樂部》。

一九〇一年　明治三十四年　十五歲

同校高等科畢業。此時起，家道中落，原將被送去做童僕，但因稻葉老師惜才，支助他進入東京府立第一中學校（今東京都立日比谷高等學校）就讀。

一九〇二年　明治三十五年　十六歲

家業更加頹敗，被迫輟學。後來，住進熱血的北村重昌（上野精養軒主人）府上，擔任家庭教師，繼續學業。

一九〇三年　明治三十六年　十七歲

擔任一中校刊《學友會雜誌》幹部。在一中與大貫雪之助（岡本香乃子之兄）、恒川陽一郎、吉井勇、辰野隆等人認識。

一九〇五年　明治三十八年　十九歲

自該校畢業、進入第一高等學校英法科。

一九〇七年　明治四十年　二十一歲

成為一高文藝部委員，於《校友會雜誌》發表文章。與北村家女僕穗積福子的戀情曝光，離開北村家，住進學生宿舍。這段期間的學費由伯父與笹沼家資助。

一九〇八年　明治四十一年　二十二歲

同校畢業，進入東京帝國大學國文科就讀。

一九〇九年　明治四十二年　二十三歲

投稿《帝國文學》與《早稻田文學》，但屢遭退稿。無法進入文壇，引發焦慮。罹神經衰弱症，後轉往偕樂園療養。耽讀永井荷風的《美國物語》。

一九一〇年　明治四十三年　二十四歲

九月，與小山內薰、和辻哲郎、大貫晶川、小泉鐵、後藤末雄、木村莊太等人攜手，共創第二次《新思潮》。投稿戲曲作品《誕生》（但因手續不完整，創刊號禁止販售）。發表《刺青》、《麒麟》。與永井荷風會面。

一九一一年　明治四十四年　二十五歲

《新思潮》停刊。一時，參與《昴》同人。因滯納學費遭到退學。發表《少年》、《幫間》、《飈風》、《秘密》。作品受永井荷風之激賞，確立文壇地位。

一九一二年　大正元年　二十六歲

一月，穗積福子死亡。前往京都各地旅行，展開放浪生活。神經衰弱症復發。徵兵檢查不合格。發表《惡魔》。

一九一五年　大正四年　三十歲

與石川千代結婚。發表《殺死阿豔》、《法成寺物語》、《阿才與巳之介》。

一九一六年　大正五年　三十一歲

長女鮎子誕生。發表《神童》、《恐怖時代》。

一九一七年　大正六年　三十二歲

母逝。暫將妻子與女兒安置於老家。發表《人魚的嘆息》、《異端者的悲哀》。

一九一八年　大正七年　三十三歲

五月至七月，〈白晝鬼語〉連載於《大阪每日新聞．東京日日新聞》。江戶川亂步讚賞本作為日本探偵小說的濫觴。八月於《中外》發表《小王國》。十月，發表〈柳湯事件〉於《中外》。《金與銀》由春陽堂出版發行。赴朝鮮、滿洲、中國旅行。

一九一九年　大正八年　三十四歲

父・倉五郎去世。結識佐藤春夫。轉居小田原。發表《戀母記》。

一九二〇年　大正九年　三十五歲

一月，於《改造》上發表〈途中〉。〈人魚〉以隔月刊登的方式連載於《中央公論》。四月起，在《改造》上連載評論文章〈藝術一家言〉。五月，就任大正活映株式會社腳本部顧問。

一九二一年　大正十年　三十六歲

原約定將妻子千代讓與佐藤春夫，後食言反悔，與佐藤絕交。於《改造》三月號發表〈我〉。

一九二三年　大正十二年　三十八歲

九月一日，關東大地震。當時所搭乘之巴士正行走於箱根山路，目睹山谷一側之道路崩塌。拜地震恐懼症之賜，位於橫濱山手的自宅，因建造堅固故平安無事，卻受附近火勢延燒波及。震災後，遷往京都生活（後，移居兵庫）。發表《肉塊》。

一九二四年　大正十三年　三十九歲

發表《痴人之愛》。定居關西。

一九二六年　昭和元年　四十一歲

又赴中國旅行，與郭沫若認識。回國後，與佐藤春夫和解。發表《上海交遊記》、《上海見聞錄》。

一九二七年　昭和二年　四十二歲

與根津松子相識。連載《饒舌錄》。與芥川龍之介之間展開「有情節的小說、無情節小說」論爭。七月二十四日，芥川自殺。

一九二八年　昭和三年　四十三歲

於現今之神戶市東灘區岡本建新居（「鎖瀾閣」）。發表《卍》。

一九二九年　昭和四年　四十四歲

原有意將妻子千代讓渡與和田六郎（即後來的大坪砂男）。前一年起，即開始連載以此事為本之《食蓼蟲》。後因佐藤春夫反對，破局。

一九三〇年　昭和五年　四十五歲

發表《亂菊物語》前篇。與千代離婚。將離婚及千代再嫁佐藤之經緯，投書各大媒體與相關人士。此「妻子讓渡事件」，引發社會譁然。

一九三一年　昭和六年　四十六歲

與古川丁未子結婚。因債台高築，一時避居高野山。發表《吉野葛》、《盲目物語》、《武州公秘話》。

一九三二年　昭和七年　四十七歲

遷居武庫郡魚崎町橫屋（現・神戶市東灘區）。與根津松子一家為鄰。發表《倚松庵隨筆》、《割蘆葦》。

一九三三年　昭和八年　四十八歲

與丁未子分居。與弟弟精二絕交。發表《春琴抄》和《陰翳禮讚》。

一九三四年　昭和九年　四十九歲

開始連載《夏菊》，但因作品背景人物之根津家抗議而中斷。出版《文章讀本》，大為暢銷。

一九三五年　昭和十年　五十歲

與丁未子離婚。與根津清太郎之前妻・森田松子結婚。開始著手《源氏物語》現代語之翻譯。發表《攝陽隨筆》。

一九三六年　昭和十一年　五十一歲

發表《猫與庄造與二個女人》。

一九三七年　昭和十二年　五十二歲

獲選為甫創立之帝國藝術院會員。

一九三八年　昭和十三年　五十三歲

阪神大水患，當時情景後來被寫入作品《細雪》中。源氏物語現代語譯完稿。

一九三九年　昭和十四年　五十四歲

與弟弟．精二和解。《潤一郎譯源氏物語》出版，刪除幾處與皇室相關部分。

一九四二年　昭和十七年　五十七歲

於熱海購置別墅。開始創作《細雪》，經常滯留熱海。

一九四三年　昭和十八年　五十八歲

開始連載於《中央公論》雜誌之《細雪》，因軍方干擾而中斷。之後仍私下繼續寫作。

一九四四年　昭和十九年　五十九歲

自費發行《細雪》上卷。家人至熱海避難。

一九四五年　昭和二十年　六十歲

再前往岡山県縣津山、真庭郡勝山町（現．真庭市）避難。戰後，首次回到東京。

一九四六年　昭和二十一年　六十一歲

遷往京都，於東山區南禪寺下河原町定居（前「潺湲亭」）。

一九四七年　昭和二十二年　六十二歲

高血壓惡化，導致寫作遲滯。《細雪》中卷出版。本作獲每日出版文化賞。

一九四八年　昭和二十三年　六十三歲

完成《細雪》下。

一九四九年　昭和二十四年　六十四歲

獲朝日文化賞。移居下鴨泉川町（後「潺湲亭」）。獲頒第八回文化勳章。發表《月與狂言師》、《少將滋幹之母》。

一九五〇年　昭和二十五年　六十五歲

於熱海仲田，再度購置別墅（前「雪後庵」）。

一九五一年　昭和二十六年　六十六歲

本年起，高血壓日益惡化，專心靜養。獲頒文化功勞者。發表《潤一郎新譯源氏物語》。

一九五四年　昭和二十九年　六十九歲

移居熱海市伊豆山鳴澤（後「雪後庵」）。

一九五五年　昭和三十年　七十歲

發表《幼少時代》、《氫氧化錳之夢》。

一九五六年　昭和三十一年　七十一歲

出售京都潺湲亭，定居熱海伊豆山。發表《鍵》。

一九五八年　昭和三十三年　七十三歲

輕微發病，醫囑需靜養三個月。

一九五九年　昭和三十四年　七十四歲

因疼痛與右手麻痺，其後作品皆以口述方式完成。發表《夢浮橋》。

一九六〇年　昭和三十五年　七十五歲

因狹心症住院。發表《三種情況》。

一九六一年　昭和三十六年　七十六歲

發表《瘋癲老人日記》。

一九六二年　昭和三十七年　七十七歲

發表《廚房太平記》。

一九六三年　昭和三十八年　七十八歲

《瘋癲老人日記》獲每日藝術賞。四月，先移居熱海市西山町吉川英治別墅。後因新居建造之故，暫居東京都文京區公寓。發表《雪後庵夜話》。

一九六四年　昭和三十九年　七十九歲

成為全美藝術院、美國文學藝術學院榮譽會員。移居神奈川縣足柄下郡湯河原町之新居（湘碧山房）。發表《潤一郎新新譯源氏物語》（口述筆記）。

一九六五年　昭和四十年　八十歲

遊京都。發表幾項隨筆。七月三十日，因腎衰竭併發心臟衰竭，於湯河原町之自宅病逝，享壽七十九。葬於京都市左京區鹿之谷法然寺。戒名為「安樂壽院功譽文林德潤居士」。

內容簡介

日本唯美派文學大師谷崎潤一郎，以耽美小說《細雪》馳名，除了為人熟知的純文學創作外，早期亦兼寫犯罪小說。本書所收錄的〈柳湯事件〉、〈途中〉、〈我〉、〈白晝鬼語〉，不僅在形式上各具特色，也透過不同的寫作手法展現出谷崎式的病態之美，讓人一次飽覽谷崎文學的多層次面向。

谷崎的這類犯罪小說雖非純粹的推理作品，但饒富偵探趣味，著重在邏輯推理的破案過程，並首度將心理描寫手法引入推理小說創作。相較於偵探小說的讀者往往過於重視詭計的運用，谷崎的寫作手法無疑呈現出一種新的構思。他意圖聚焦於人生的某一斷面，僅是借用偵探小說的技巧予以抽絲剝繭，最終釐清的不只是事件真相，還有背後更複雜難測的陰暗人性。

谷崎潤一郎的犯罪小說不但具備推理小說的眾多要素，對人性、心理方面的分析更是出色，同時仍兼具純文學的格調風情，不僅中興了日本大正時期的通俗文學，更對有「日本愛倫波」美譽的江戶川亂步創作影響甚深，在日本推理小說發展史中佔有極其重要的地位，絕對是推理迷絕不可錯過的大師經典。

作者簡介

谷崎潤一郎

日本文學大師。一八八六年七月廿四日生於東京日本橋。東京帝大國文科肄業，創辦《新思潮》文學雜誌，並以〈刺青〉、〈麒麟〉等短篇小說確立文壇地位。一九四九年時獲得日本文化勳章，一九六〇年代獲諾貝爾文學獎提名，一九六四年獲選全美藝術院榮譽會員。一九六五年因腎病去世。

代表作品包括《春琴抄》、《痴人之愛》、《卍》、《細雪》、《瘋癲老人日記》、《陰翳禮贊》等。晚年致力於《源氏物語》的現代語翻譯。《細雪》獲每日出版文化賞及朝日文化賞，《瘋癲老人日記》獲每日藝術大賞。

譯者簡介

徐雪蓉

政大東語系日文組畢業。輔大日研所碩士，比較文學博士班肄業。曾任教輔大日文系十年。編有《日語諺語・慣用句活用辭典》，譯有《勸學》、《遠野物語・

拾遺》、《刺青：谷崎潤一郎短篇小說精選集》（合譯）、《芥川龍之介短篇選粹》（合譯）、《日本的森林哲學——宗教與文化》（立緒）等。

文字校對

馬興國

中興大學社會系畢業；資深編輯。

責任編輯

王怡之

東吳大學中文系畢業；資深編輯。

國家圖書館出版品預行編目(CIP) 資料

白晝鬼語：谷崎潤一郎犯罪小說集/ 谷崎潤一郎著；
徐雪蓉譯 -- 初版 -- 新北市：立緖文化, 民105.02

面；　公分. --（新世紀叢書）

ISBN 978-986-360-074-9（平裝）

861.57　　105021140

白晝鬼語：谷崎潤一郎犯罪小說集

出版——立緖文化事業有限公司（於中華民國 84 年元月由郝碧蓮、鍾惠民創辦）
作者——谷崎潤一郎
譯者——徐雪蓉

發行人——郝碧蓮
顧問——鍾惠民

地址——新北市新店區中央六街 62 號 1 樓
電話—— (02) 2219-2173
傳真—— (02) 2219-4998
E-mail Address —— service@ncp.com.tw
劃撥帳號—— 1839142-0 號 立緖文化事業有限公司帳戶
行政院新聞局局版臺業字第 6426 號

總經銷——大和書報圖書股份有限公司
電話—— (02) 8990-2588
傳真—— (02) 2290-1658
地址——新北市新莊區五工五路 2 號
排版——菩薩蠻數位文化有限公司
印刷——尖端數位印刷有限公司

法律顧問——敦旭法律事務所吳展旭律師

分類號碼—— 861.57
ISBN —— 978-986-360-074-9
出版日期——中華民國 105 年 3 月初版 一刷（1 ～ 2,000）
　　　　　中華民國 111 年 3 月初版 二刷（2,001 ～ 2,500）

定價◎ 260 元（平裝）